W0403780

Vaqueros de marca

ala delta

Primera edición: mayo 1996.
Segunda edición: junio 1996.
Tercera edición: julio 1996.
Cuarta edición: noviembre 1996.

© Consuelo Jiménez de Cisneros
© Editorial Luis Vives, 1996
Diseño de la cubierta: José Antonio Velasco
Depósito legal: Z. 3237-96
ISBN: 84-263-3280-3
Talleres gráficos Edelvives
50012 Zaragoza
Printed in Spain

Se prohíbe la reproducción total o parcial de esta obra bajo cualquier forma, sin la autorización previa, y por escrito, de los titulares del *copyright*, excepto citas, siempre que se mencione su procedencia.

Consuelo Jiménez de Cisneros

VAQUEROS DE MARCA

Ilustrado por

Carmen García Iglesias

EDELVIVES

Para María, porque le debo una dedicatoria.
Para Paloma, que me dio la mejor noticia del año.
Y para Encarna, por su sonrisa.

Capítulo primero

En que se empieza a contar la buena vida de un niño bien

VÍCTOR se despertó de golpe. ¡Primer día de clase del nuevo curso! Abrió la ventana: se dibujaba una mañana nítidamente gris, como corresponde a una ciudad grande y contaminada en otoño. Miró satisfecho la ropa y los objetos cuidadosamente preparados la víspera por su madre: pantalones vaqueros nuevos de marca y chaqueta vaquera de la misma marca, zapatillas de marca con calcetines de marca, mochila de marca a juego con riñonera de marca...

Los libros, aún sin abrir, ya forrados y etiquetados con su nombre, se apilaban sobre la mesa. La música *roquera* de su radio-despertador seguía sonando, y la dejó puesta mientras calculaba, con precisión milimétrica, que contaba con diez minutos para ducharse, cinco para vestirse y otros diez para desayunar.

En la cocina comedor, su madre lo esperaba con el vaso de zumo recién exprimido, con el tazón de leche y cereales y con las tostadas calentitas y crujientes...

PEPO'S

Víctor salió de casa dejando un rastro de colonia de las caras, con olor a lavanda. El autobús y él llegaron a la parada al mismo tiempo. El día comenzaba a rodar igual que un coche bien engrasado: seguro y suave. Como a él le gustaba.

* * *

—¡Hola, tío!

—¿Qué pasa, *troncos?*

—Os tengo que contar un ligue bestial que me hice este verano —dijo Richi, mientras pensaba que vaya mochila *molona* llevaba Víctor... ¡*Molaba* cantidad!

—Yo me dediqué a hacer músculos; ya sabéis... —informó Quique, elucubrando de dónde habría sacado Víctor la riñonera a juego con la mochila tope *guay*—. Y como a las nenas los musculitos les encantan...

Ante lo evidente de sus miradas, Víctor sacó de dudas a sus amigos.

—Mi madre me trajo de Andorra la mochila y las otras cosas... Son de una casa de deportes nueva, una marca suiza.

—¡Cómo farda, tío!...

—¿Y tú qué tal te has *enrollado* este verano? —la pregunta iba dirigida a Pepe, el más íntimo de Víctor.

—Psche, ni fu ni fa.

—Pero has *ligado bronce...*

—Es que estuvimos en Benidorm, en un apartamento...

—¡En Benidorm se liga cantidad!

—Bah, no te creas. Y como me habían quedado el inglés y las mates, tampoco me dejaron salir mucho. A la playa sí, pero otra cosa...

—A mí la playa me *mola*...

En ese momento pasaba por su lado el profesor de Lengua del curso anterior y alcanzó a oír sus últimas palabras. Se les plantó delante, los miró con guasa y recitó:

—Me *mola:* me agrada, me gusta, me atrae, me divierte, me admira, me encandila, me fascina... ¿Qué es lo que queréis decir exactamente?

Víctor, Pepe, Richi y Quique quedaron mudos. Nunca sabían si el profesor de Lengua hablaba en serio o si quería quedarse con ellos y tomarles el pelo.

¡Riiiiiiiiin!

El timbre de entrada a clase cortó la conversación de los tres mosqueteros y d'Artagnan, como los llamaba la tutora de octavo desde que los viera siempre juntos —aunque nunca se supo quién de ellos era d'Artagnan—. Eran la panda, una piña, el grupo más desesperante para los profesores, que tenían que cambiarlos de sitio para que no conspiraran preparando alguna gamberrada de las suyas ni alborotaran la clase.

Los cuatro llevaban vaqueros de marca, sudaderas de marca, «tenis» de marca... Richi, además, lucía una gorra de marca encasquetada hasta las cejas, cosa que no tenía mucho sentido en aquel día nublado y menos aún en el interior del aula.

La primera clase era precisamente... ¡la del profesor de Lengua del año anterior! Para describirlo en dos palabras: un hueso. Un rumor de náufragos sin salvavidas recorrió el aula. Después de pasar lista en un silencio de iglesia, el profesor hizo que Richi se quitara la gorra cuando constató que se la ponía al revés imitando a un héroe de la tele y distrayendo con sus gestos a cuantos tenía alrededor.

Víctor se rió por lo bajo. Estaba sentado en la última fila, la más tranquila para ellos y la más movediza para los profes, la zona peligrosa a la que pocos se atrevían a acercarse. Generalmente, allí se ponían los pasotas, los que no tenían interés en la materia y sabían que, si no estorbaban mucho, no serían estorbados.

Pero el primer día había que dar la nota, para que toda la clase supiera que ellos estaban allí. Richi la dio con la gorra, Pepe silbando y Quique haciendo persistentes ruidos con el bolígrafo, hasta que el profesor de Lengua, después de varias miradas taladradoras, le ordenó estarse quieto.

Víctor se puso a pensar qué podía hacer para que también le llamara la atención a él. Tenía que estar a la altura de sus colegas... ¿Qué era aquello que le asomaba por el bolsillo de la cazadora? ¡Las gafas de espejo!

Las sacó con precaución, agachó la cabeza y se las puso. Sabía que, ocultando su rostro, conseguiría crisparle los nervios al adusto profesor. Y así fue. El de Lengua no tardó ni cinco minutos en reaccionar.

—¡Víctor Santoña! ¿Desde cuándo necesitas gafas?

Algunos pelotas le rieron la gracia.

—Ya que no ves bien, quizá sea mejor que te sientes en primera fila. Así no tendrás problemas. Conque cámbiate. ¡Ahora mismo!

Víctor se levantó arrastrando la silla para hacer todo el ruido posible. Se le cayeron al suelo los libros, tropezó con el pupitre de Quique, que estaba en la esquina de la fila, y, a trompicones, entre los cuchicheos y las risitas de todos, llegó al único lugar vacío de la primera fila, donde se sentó con el mismo estrépito con que se había levantado.

Una vez allí, al ver más de cerca el ceño del profesor, pensó que ya bastaba con eso. Él había estado *súper,* puesto que había conseguido irritar al profe como ninguno de sus colegas.

El resto de la clase transcurrió con sosiego. Víctor se sorprendió al comprobar que en la primera fila se enteraba de todo mucho mejor que en la última. Hasta le entraban ganas de escuchar. Por otro lado, su compañera no lo molestaba en absoluto. Mejor dicho, no le prestaba la menor atención. Parecía concentrada sólo en el libro y en los apuntes que tomaba al dictado.

Víctor la miró de reojo. Era una chica nueva, de apariencia insignificante. Llevaba unas gafas redondas de culo de botella y aun así arrugaba la nariz como si fuera una ratita o como si su miopía fuera más allá de los cristales. Aquella chica era todo un espécimen, como algunos compañeros del curso anterior a los que decidieron motejar *Culo de pato* o *Microseta,* porque el uno andaba contoneándose a causa de sus gorduras y el otro era muy bajito.

¡Ya lo tenía! Le pondría un mote. *¡Ratita* sonaba genial para aquella chavala! En verdad lo parecía, con su pelo liso y tirante recogido en una coleta en lo alto de la cabeza. La imagen típica de la empollona insoportable. ¡Con razón nadie se había sentado a su lado!

Las primeras horas se hicieron largas, pero todo llega, y también llegó el recreo. Víctor se reunió con sus amigos; entre todos rieron las bromas inaugurales. El mote de *Ratita* fue muy celebrado y se divulgó rápidamente por el patio a través del método boca-oído.

La mayor parte de las chicas hacía rancho aparte, y la *Ratita,* ignorante de su sobrenombre, charlaba animosamente con otras congéneres mientras mordisqueaba un bocadillo. En realidad se llamaba Adriana. Víctor lo recordaba de cuando el profe había pasado lista. Adriana... Un nombre que sonaba a algo mágico, infrecuente; podía tratarse de un nombre de hada o de bruja.

Víctor se sorprendió al comprobar que la estaba mirando. A fin de cuentas, ¿qué le importaba aquella empollona cursi? Malhumorado, se volvió hacia sus compañeros. Mas antes pudo comprobar que la ratita Adriana también lo miraba a él.

* * *

¡Riiiiiiiiiin!

Final de las clases.

Todos salían atropelladamente por la puerta del patio, zarandeando sus mochilas, arrastrando sus chaquetas, empujándose unos a otros como si les faltara el aire hasta pisar el asfalto de la calle. Víctor consiguió salir de los primeros. Y entonces volvió a verla.

La *Ratita* se había puesto un casco enorme que cubría su cabeza casi por completo y, subida a un radiante ciclomotor amarillo, sin que se le vieran las gafas ni la coleta, parecía otra cosa. ¡Caray con la niña! Y eso que los vaqueros que llevaba no eran de marca...

Capítulo segundo

En que se sigue contando la buena vida de un niño bien

—¡MAMÁ! ¿Qué hay para comer?

—¡Vaya, hombre! ¿Ésa es forma de saludar? Anda, siéntate, que ya está puesta la mesa.

Víctor se sentó y se sirvió, con gran apetito, un enorme plato de arroz a la cubana rociado con mucho *ketchup.*

—¡Mmmm! Está buenísimo. Oye, ¿queda Coca-cola?

—Mira a ver en el frigo...

Su madre estaba ocupada dando de comer a Patricia, la pequeña de la casa, que con sus dos añitos aún no comía sola. Víctor se levantó y, al pasar, le hizo una carantoña a su hermana.

—¡Hola, *Patita!* Cuti, cuti, cuti...

La niña se echó a reír. Parecía encantarle que su hermano le prestara atención. Golpeó la cuchara contra el centro del plato y salpicó el mantel.

—¡Víctor! No te acerques a tu hermana cuando está comiendo. Te lo he dicho mil veces.

Pacientemente, la madre limpió con un paño el puré de verduras que había saltado del plato. Víctor se sirvió un espumoso vaso de Coca-cola y, desde su sitio, siguió haciendo muecas a su hermana. Era una suerte que su padre no llegara hasta más tarde, cuando ya habían acabado de comer. Porque, con el padre en la mesa, no se podía hacer tonterías.

—Y qué, ¿no me cuentas nada?... ¿Cómo te ha ido en clase?

—¡Muy bien! La de Historia nos ha dicho que este curso haremos un viaje.

—¡Vaya, qué suerte! ¿Y adónde?

—Pues a París...

Sí. Marisa, la profesora de Historia, lo había propuesto. Un viaje cultural, por supuesto; pero ya se sabe lo que son esos viajes culturales: uno remolonea detrás del guía del museo, se pasea en autobús de acá para allá... y por la noche es cuando viene lo bueno, la juerga en las habitaciones.

Aunque estaba prohibido, siempre había alguien que llevaba una botella de algo (afortunadamente, eran tantos a compartirla que apenas llegaban a catarla). Se fumaba, se bebía, se escuchaba música, se ligaba cuando se podía. Eso si no había sesión de discoteca, que era lo mejor; aunque la presencia del profe acompañante siempre cortaba un poco.

—Podéis hacer muchas cosas para sacar dinero para el viaje —había dicho la profesora—. Vender lotería de Navidad, encargar camisetas pintadas, organizar una fiesta...

De todas las sugerencias, la que más éxito tuvo fue la de la fiesta. A decir verdad, Víctor no necesitaba realizar este tipo de actividades para conseguir dinero, porque sus padres le pagaban todos los caprichos sin rechistar.

Su padre tenía un almacén de calzado que funcionaba muy bien y le reportaba cuantiosos beneficios económicos, con lo que podían vivir desahogados.

En cuanto a su madre, desde que tuvo a la pequeña Patricia dejó de trabajar como administrativa en el almacén de su marido. Pensaba reincorporarse cuando la niña cumpliera tres años y empezara a ir al colegio. Ella opinaba que los niños pequeños con quien mejor están es con sus madres. También cuando nació Víctor lo dejó todo para dedicarse a criarlo. Y ahora a Víctor le convenía que siguiera en casa, porque así lo encontraba todo siempre a su gusto.

Su madre había intentado en varias ocasiones que él colaborase un poco en las tareas domésticas, pero sus esfuerzos no habían dado fruto. Víctor siempre encontraba excusas a la hora de poner y quitar la mesa o de ordenar su habitación.

—¡Estoy estudiando!

—¡Estoy en el baño!

—¡He quedado con Quique!

—¡Hoy tengo muchísimos deberes!

Y su madre, que era un pedazo de pan, si oía hablar de deberes o de estudios, no insistía; y si oía que había quedado con los amigos..., pues tampoco.

Su padre era diferente. Más de una vez había tronado:

—Pati, lo estás mimando demasiado. Este chico necesita mano dura. Como no pase el curso, lo meto a trabajar de repartidor...

Pero Víctor sabía que tronaba en vano, como esas tormentas estivales que arrancan con gran violencia y luego se quedan en nada. «Perro ladrador, poco mordedor», que dice el refrán. A lo más que había llegado era a prohibirle salir alguna que otra tarde o a recortarle la paga semanal. Lo cual tampoco constituía un problema irresoluble. Porque Richi, Quique y Pepe disfrutaban de un régimen de «libertad vigilada» similar al suyo, y siempre había alguno con dinero en el bolsillo que no tenía inconveniente en prestárselo a sus amigos.

—Hoy por ti, mañana por mí, tío...

* * *

Víctor, que era de mucho comer, engullía la cena sin dejar de mirar la pequeña televisión portátil de la cocina. Por fin acababa el rollo de las noticias y aparecía la publicidad, que era lo que le encandilaba.

Una música *roquera* rítmica y persistente. Imágenes de un mar salvaje, embravecido. Unos adolescentes en vaqueros que, vistos de espaldas, no se sabía si eran chicos o chicas, hasta que la cámara los descubría de frente.

Vaqueros Pepo's es libertad.

Y los chicos-chicas enfundados en vaqueros Pepo's corrían por una playa sin fin, una playa inventada, de las que ya no quedan: desnuda, vacía de sombrillas y de veraneantes.

Vaqueros Pepo's es sensualidad.

Y, en primer plano, los traseros de chicos-chicas se balanceaban al ritmo de una charanga discotequera cuyas luces parpadeantes se fundían en el azul de la tela *denim*.

Vaqueros Pepo's eres tú.

VAQUEROS PEPO'S ES LI-
BERTAD VAQUEROS PEP'
O'S ES LIBERTAD VAQUE
ROS PEPO'S ES LIBERT
AD VAQUEROS PEPO'S ES
LIBERTAD VAQUEROS PE

Y aparecía por fin el rostro sonriente, perfecto: cabello enmarañado, ojos reidores, pómulos sin espinillas ni lunares, de un chico y de una chica, de una chica y de un chico que eran felices por gastar vaqueros Pepo's.

A Víctor le chiflaba aquel anuncio. En realidad, a Víctor le chiflaban todos los anuncios. Bastaba que un producto cualquiera apareciera en la tele para que enseguida quisiera adquirirlo. En un armario del trastero se amontonaban juegos incompletos, muñecos y coches sin pilas, cintas de casete pasadas de moda... Toda clase de artilugios de la más variada índole que habían sido de Víctor y de los que no quería desprenderse, aunque ya no les hiciera caso.

—A lo mejor le gustan a *Patita*.

Así llamaba él a su hermana. Y su madre optaba por guardárselos mientras hubiera espacio, aunque refunfuñaba que nunca más le compraría bobadas, que ya estaba bien. Pero, ¡había tantas ocasiones para comprarle algo a Víctor!

En su casa se celebraban con regalos el santo, el cumpleaños, las notas trimestrales, las notas finales, el día del estudiante... y cualquier ocasión en que Víctor hiciera un extra, como quedarse a cuidar de su hermanita mientras sus padres iban al cine, o ayudar a su madre en el vaciado y limpieza anual de armarios.

Y también, por supuesto y sobre todo, estaba la Navidad, con la nochebuena y los Reyes Magos... Pues su madre, ecléctica, no quería quedar mal ni con papá Noel ni con Melchor, Gaspar y Baltasar; y lástima que no se hubiera enterado de que San Nicolás se festeja en algunos países de Europa el 6 de diciembre, porque... ¡habría sido otro motivo de regalo!

Capítulo tercero

En que al niño bien empieza a irle mal

ÚLTIMAMENTE, el padre de Víctor cada día volvía más tarde a casa y cada día parecía más sombrío y apesadumbrado. Se enfadaba por cualquier cosa. Todo le molestaba. Ni siquiera tenía ganas de hablar con su familia o de juguetear con la pequeña Patricia, quien, con su media lengua, trataba de llamar su atención sin conseguirlo.

—Papi, papi, es Yupi...

La alegre música de *Los mundos de Yupi* anunciaba el inicio del programa infantil, pero el padre no se inmutaba.

—Arre, arre, cri, cri, cri...

—¡Cállate, niña!

Poco tiempo había transcurrido desde el comienzo de curso cuando estalló la bomba. Víctor estaba en su cuarto, tumbado boca arriba en la cama y oyendo música con los auriculares, porque su madre le había prohibido expresamente que la pusiera alta para que la niña pudiera dormir la siesta.

Hacía un rato que había comido y no se sentía con ganas de abordar los deberes de matemáticas, amenazadores sobre su mesa de estudio como las fauces de un gigante maligno.

Por supuesto, había dejado a su madre recogiendo la mesa y la cocina sin prestarse a ayudarla, como era habitual en él.

Aquella tarde, su padre llegó a casa desacostumbradamente temprano. Víctor, abismado en su música favorita, no oyó el giro de la cerradura, ni los pasos lentos, ni el beso acostumbrado sobre la mejilla de su madre, ni el extraño cuchicheo que se producía entre sus padres cuando se saludaban.

Sin embargo, sintió que su madre abría la puerta del cuarto con los ojos enrojecidos, como si hubiera estado llorando, y se le encogió el corazón. Saltó de la cama retirándose los auriculares mientras oía la voz de su padre llamándolo.

—¡Víctor! Ven aquí.

Aquella vez no remoloneó como de costumbre. Algo estaba ocurriendo. Acudió inquieto a la cocina, donde su padre, muy serio, le indicó con un gesto que se sentara.

—Hasta ahora has vivido ajeno a los problemas de esta casa. Todo se te ha dado hecho. Pero hijo, esta situación, desgraciadamente, tiene que cambiar. Lo que ha pasado nos afecta a todos, excepto a tu hermana, que es demasiado pequeña para darse cuenta, aunque, de alguna manera, también lo va a padecer...

Hizo una pausa que Víctor no se atrevió a interrumpir.

—Las cosas en el almacén van de mal en peor. Te acordarás del señor Millán, mi socio. Liquidamos hace un par de años, y desde entonces nada ha salido bien. Yo invertí mucho capital, demasiado, con expectativas que no se han cumplido... En fin, no quiero extenderme porque estas cosas son muy complicadas. Lo único que debes entender es que... la cuestión económica no funciona. Los acreedores presionan,

Pasta
Flour

los pedidos bajan, y yo ya no veo salida de momento. He tratado de aguantar lo que he podido, pero ya no es posible seguir haciendo como si no pasara nada.

Víctor sintió un nudo en la garganta. Por fin pudo preguntar:

—¿Eso quiere decir... que nos hemos arruinado? ¿Que somos pobres?

La madre sonrió.

—No, Víctor; tampoco es eso. Pobres no somos porque, gracias a Dios, tenemos para comer. Lo que tu padre quiere decir es que ya no podemos llevar el tren de vida que hemos llevado hasta ahora. Ni vacaciones, ni regalos, ni caprichos, ni nada extra. Incluso prescindiremos de la chica que viene a limpiar la casa.

—Yo he tenido que despedir a un par de chicos del almacén —concluyó el padre— y tu madre despedirá a la asistenta. Si nos ajustamos a otro tipo de vida, podremos salir adelante y, poco a poco, iré pagando las deudas.

—Hijo, el problema no consiste en tener más o menos dinero —intervino entonces la madre—. Lo que me preocupa es qué será de vosotros, cómo va a cambiar tu vida desde ahora. Estás acostumbrado a una serie de cosas de las que, de momento, tendrás que prescindir. Por ejemplo, yo sabía que tenías ilusión por una moto y pensaba comprártela por sorpresa para la próxima Navidad... Un ciclomotor, claro está, no vayas a creer que una moto grande... Pues ya no puede ser.

Víctor, quizá por primera vez en su vida, advirtió en su interior un sentimiento de compasión hacia su madre, por su ternura, por su fragilidad. Parecía que sufría sólo por él, por lo que él perdería, no por lo que ella misma pudiera perder. ¡Cuánto lo quería su madre y qué poco la había correspondido!

—Vamos, mamá. Si a mí lo de la moto no me importa tanto... Si en el autobús me lo paso pipa, porque me encuentro con un montón de gente del colegio...

El padre, quizá también por primera vez en su vida, miró a su hijo con algo parecido a la admiración.

—Muy bien, Víctor, así quiero que te lo tomes. Hay que tener paciencia, porque de seguro que vendrán mejores tiempos.

* * *

Su madre había vuelto a trabajar. Acudía por las tardes a llevar las cuentas de la empresa familiar y aún colaboraba en la contabilidad de otra. Así que volvía a casa descolorida, cansada, a veces a las diez de la noche. Ya no coincidían para comer. Cuando Víctor entraba en casa, su madre salía apresuradamente. No podía retrasarse charlando con sus amigos más de unos minutos, para que su hermanita no se quedara sola.

A la hora en que él llegaba, la niña ya había comido y estaba dormida. Contaba con un tiempo reducido para engullir, solo frente al televisor, la comida que su madre le dejaba preparada junto al microondas. Recogía sus platos y cubiertos y, al poco rato, oía parlotear a la niña, deseosa de levantarse.

Entonces tenía que vestirla, pero antes debía quitarle el pañal porque, la muy meona, aún dormía con él puesto y en más de una ocasión se lo hacía todo encima. Luego había que dejarla sobre la alfombra de la sala de estar, donde correteaba a su gusto entre muñecos de goma que emitían ruidos al apretarlos, peluches cojos o tuertos —pues *Patita* era un fiera con ellos—, libros de plástico duro con más colores que letras y otras distracciones semejantes.

A la hora de la programación infantil, la sentaba delante de la tele y le daba la merienda. Claro está que su madre se la había dejado preparada en el frigo. No tenía más que templarla un poco y metérsela en la boca cucharada a cucharada. Patricia era muy perezosa para comer. ¡Cuánto trabajo daba! Y no podía perderla de vista, porque entonces se comportaba como una cría revoltosa.

Víctor ya no podía hacer los deberes en su habitación pasando de todo, sino que tenía que quedarse en el cuarto de la tele grande y, sobre una incómoda mesa baja, trabajar... cuando le dejaban. La niña parecía tener el don de interrumpirlo justo cuando empezaba a concentrarse. Quería que jugara con ella o, quizá, hacer lo mismo que él. Entonces Víctor le proporcionaba unos folios y unos lápices de colores y, de vez en cuando, conseguía que durante unos minutos se pusiera a su lado, muy seriecita, a hacer unos rayajos que trazaba con aire tan importante como si fueran fórmulas matemáticas.

Desde que sus amigos se enteraron de que trabajaba como canguro de su hermana, empezaron a pasar un poco de él. Al principio apenas se dio cuenta, pero poco a poco lo fue percibiendo.

—Jo, tío, si es que no tienes ni un rato libre para ir a los futbolines.

Muchas tardes, antes de que las cosas cambiaran y su familia fuera a menos, Víctor bajaba a jugar a las maquinitas con Pepe, que vivía bastante cerca de su casa. Quedaban en una plaza equidistante entre sus domicilios y se les hacía de noche gastando el dinero en aquellos entretenimientos llenos de ruido y de furia.

—Pepe, tío, sabes que no puedo. ¿Cómo voy a dejar sola a la cría?

—Pero, ¿no puedes pasar de ella nada, nada?

—¿Por qué no vienes tú a casa y *nos lo montamos* con una peli de vídeo? Mis padres no están, conque podemos ver lo que nos apetezca.

Una tarde lo hicieron. Sin embargo, a Patricia no le gustaban en absoluto aquellas imágenes de zombis a los que se les salían los intestinos de los pantalones y los ojos de las órbitas; de casas cuyas paredes se derrumbaban con un viento infernal y chicas aterrorizadas huyendo en biquini por los bosques.

Se puso a llorar y a chillar, con lo que Pepe, que no tenía hermanos pequeños —ni mayores, porque era hijo único—, no pudo reprimir su fastidio.

—Tío, qué rollo de niña... ¿Por qué no la encierras? Llévatela a la cocina; ponle allí la tele, que vea *Barrio Sésamo* y nos deje en paz.

Pero *Patita* no quería quedarse sola, ni Víctor estaba dispuesto a dejarla. Tenía miedo de que, con lo traviesa que era, siempre abriendo y cerrando puertas y cajones, le sucediera algún accidente en la cocina. Ya una tarde, mientras estaba a su cargo, se había pillado uno de sus deditos en el quicio de una puerta. Y Víctor se sintió terriblemente culpable, sobre todo al oír cómo berreaba...

No, había que tenerla allí con ellos aunque fastidiara, y si no le gustaban los zombis, pues que mirase para otro lado.

Al terminar la película, Pepe se fue de tan mal humor que incluso se llevó las palomitas que habían sobrado. A Víctor se le hizo un nudo en la garganta. Le dio la impresión de que empezaba a perder a un amigo y pensó que no lo recuperaría fácilmente. Pero, por otra parte, le quedó rondando por la cabeza, como una mosca molesta imposible de espantar, la duda de si Pepe realmente era un amigo. Los amigos de verdad, se decía a sí mismo, deben estar con uno a las duras y a las maduras. O sea, cuando te va bien y cuando te va mal.

Se imaginó en el lugar de Pepe. ¿Qué habría hecho él si Pepe de repente dispusiera de menos dinero o no pudiera salir a divertirse con la panda por tener que quedarse en casa cuidando de alguien? A solas, Víctor se sintió enrojecer: no estaba seguro de si él no habría reaccionado igual que Pepe. Pensó que, para darse cuenta de las situaciones, hay que vivirlas. Y cuando a uno no le falta nunca de nada, es difícil que comprenda al que no lo tiene todo.

Capítulo cuarto

En que el niño bien lo pasa francamente mal

EN clase, todo parecía discurrir como siempre. Pero no era así. El profesor de Lengua había descubierto dos cosas: una era que Víctor atendía más, y por tanto se enteraba mejor, estando en la primera fila; y la otra, que en la última fila casi se podía decir que reinaba la paz si se dejaba un pupitre vacío entre los mosqueteros restantes. Así que había condenado a Víctor a permanecer en aquel lugar odioso durante el resto del curso...

Claro que, en cuanto se acababa la clase de Lengua, Víctor regresaba a la última fila, donde era recibido con gran algazara por su panda, y todos volvían a sentarse juntos; que había profesores y profesoras que hacían la vista gorda ante aquel jolgorio porque eran menos estrictos que el de Lengua.

El mote de *Ratita* había triunfado, al igual que otros de reciente creación aplicados a profes y «profas»: la *Gorda-Fina* definía a una profesora muy gruesa llamada Josefina; el *Oso Yogui* era el profesor de Ciencias: peludo, encorvado y con un tonillo de voz que irremediablemente recordaba al personaje del dibujo animado al que debía el nombre; la *Matraca* era la de Matemáticas, que nadie pregunte por qué. Uno de los pocos que no gozaba de apelativo era el de Lengua, quizá por el miedo que inspiraba.

Después de todo, la *Ratita* no resultaba tan mala compañera: le echaba una mano en la sintaxis, le cuchicheaba el significado de algunas palabras para que no tuviera que buscarlas en el diccionario, y hasta le prestó un rotulador fosforescente para marcar textos una vez que a Víctor se le rompió el suyo...

Sin embargo, la panda seguía burlándose de ella: no le perdonaban que fuera la empollona de la clase. Además, para mostrar su solidaridad con Víctor, la odiaban, pues la culpaban de que su compañero tuviera que abandonarlos durante la clase de Lengua. Ahora la llamaban la *Ratita atómica,* por ir motorizada y con un casco tan grande.

Víctor sintió un desasosiego que no supo explicarse la primera vez que oyó la ampliación del mote de su compañera de asiento. Porque no le pareció justo. Pero, ¿cómo iba a protestar? ¡Él había empezado toda aquella historia!

Hasta que ocurrió lo que tenía que ocurrir. El ambiente estaba tan cargado de electricidad que cualquiera podía adivinar la tormenta.

Fue una mañana de lluvia. Sonaba la sirena de entrada mientras la *Ratita atómica,* cubierta con un horrible impermeable masculino, llegaba apresuradamente en su moto amarilla. Víctor y Pepe, Quique y Richi, con sus chubasqueros de marca, la vieron venir refugiados debajo de los soportales de acceso y no pudieron reprimirse.

—¡Hey, mirad, a la *Ratita atómica* no le gusta la lluvia!

—Es que a lo mejor encoge...

—Pues, si encoge, fíjate en lo que se queda...

—Yo creí que a las ratas les gustaba el agua. ¿No viven en las alcantarillas?

La *Ratita* le puso la cadena de seguridad a su moto haciendo como que no oía.

—¡Tranquila, tía! Nadie te va a robar ese cacharro. Si es del año cero...

—A lo mejor sí, para un museo de antigüedades...

La *Ratita* pasó frente a ellos sin dirigirles ni la mirada ni la palabra. Sólo por un instante que nadie pudo captar más que el interesado, dio a entender que lo veía. Que veía que Víctor estaba allí y había reído las burlas. Cierto que no había intervenido. Quizá tampoco se había reído. Pero el caso es que sí estaba allí. Con los otros.

Ya todos entraban alborotadamente en clase. Excepto la *Ratita*. ¿Por qué aquel retraso?

Víctor se inquietó. Sabía que le pondrían falta de puntualidad. La *Matracas* no era tan dura como el de Lengua, pero resultaba inflexible en el acto de pasar lista. Sin embargo, en aquel momento a él eso no le importaba. Con el corazón palpitante, aguardó en un ángulo del pasillo desde el cual dominaba la puerta de acceso a las aulas...

Al rato la vio llegar. Ya no llevaba el impermeable, pero sí sus vaqueros sin marca y un jersey que le venía grande. Sus ojos tenían un brillo extraño que no se sabía si reflejaba dolor o ira.

—Oye, tía, lo siento. No ha sido con mala idea...

—Sois todos unos hijos de papá. ¿Qué os creéis? Vete a tomar por el saco...

Parecía a punto de llorar.

—Jo, te estoy diciendo que lo siento. Yo no he dicho nada; lo sabes.

—¿Y te parece poco? Creo que podías haber dicho algo. Pensaba que éramos un poco amigos. ¿Te gustaría que se burlaran de ti cuatro subnormales?

—Vale, yo...

—Mira, déjame en paz.

Pero entraron juntos en clase. Y aunque era la clase de matemáticas y no tenía obligación de hacerlo, Víctor se sentó a su lado.

* * *

Aquella mañana, el de Lengua estaba de buen humor. Cuando eso ocurría, las raras veces que ocurría, les hacía chistes lingüísticos y juegos de palabras. En aquella ocasión les tocó el turno a los palíndromos: esas palabras o frases que se leen igual de izquierda a derecha que de derecha a izquierda. La más conocida era «dábale arroz a la zorra el abad». La que más les cayó en gracia fue una larguísima, que hizo enrojecer a Anita López, una chica gorda y pacífica a la que nadie prestaba atención: «Anita la gorda lagartona no traga la droga latina».

El profesor les propuso que descubrieran ellos algún palíndromo por su cuenta, simplemente en una palabra. Una chica dijo «amor-Roma». Otro, que era alicantino, afirmó que en su tierra había un pueblo que se leía igual al derecho que al revés: Polop. A Víctor no se le ocurría nada, jugueteaba con el bolígrafo sobre el folio blanco, hasta que se dio cuenta de que había escrito en mayúsculas el nombre de Adriana... Y ¿cómo se leía al revés Adriana? Pues «anairda».

Entonces tuvo un rapto de inspiración. No sabía si en realidad quería hacerlo o no, pero fueron sus dedos, casi independientes de su cerebro, los que escribieron un breve mensaje al revés sobre el folio:

Anairda aloh.

Movió el folio despacio, hasta aproximarlo a la mesa de su compañera, para que ella pudiera verlo. No sabía cómo iba a reaccionar. Pero ella pareció comprenderlo al instante. Sin inmutarse, le cogió el papel y escribió debajo:

Rotciv aloh.

A Víctor le dio un vuelco el corazón. Lanzado como por una cuesta abajo, siguió escribiendo:

¿Odabas etse somilas?.

Y ella contestó con su pausada letra:

Elav.

* * *

Aquel sábado, Víctor se acicaló más que de costumbre. Había dicho a sus amigos que no podría salir, que sus padres tenían un compromiso y él debía quedarse toda la tarde en casa con su hermanita. Ante semejante perspectiva, ellos no insistieron.

ANaiRDa aLOH
roTCIV ALOH

De ningún modo le interesaba que sus colegas supieran que iba a salir con la *Ratita.* Ahora, casi se arrepentía de aquel arrebato suyo en la clase de Lengua. ¿Sería compasión? Porque estaba claro que la *Ratita* no era su tipo...

Habían quedado en un discreto y remoto bar al que, estaba seguro, su panda jamás acudiría. Allí se presentó él, puntual, peinado y con algo de dinero en el bolsillo, que tampoco la cosa era para tanto. Estaba dispuesto a cumplir invitándola a un cine cercano. A una película de esas que nunca verían sus colegas...

Pasaron diez minutos. Pasó un cuarto de hora. Víctor sabía que las chicas tienden a retrasarse, pero, no imaginaba por qué, suponía que ésta iba a ser puntual... Se sintió un poco decepcionado. Pasó media hora. A los tres cuartos de hora de espera, no aguantó más.

¡Era imposible que se le hubiera olvidado aquella cita...! ¿Le habría ocurrido algo? ¿Se habría puesto enferma? Se dirigió a una cabina telefónica y llamó a casa de Adriana.

Una voz agradable y bien timbrada —la de su madre, dedujo— le informó de que Adriana estaba perfectamente. Había salido con unas vecinas para ir al cine. No sabía exactamente a qué cine... ¿Quién llamaba? ¿Quería que le diera algún recado?

A Víctor no le apetecía identificarse, y contestó vagamente que era un compañero que deseaba consultarle una duda de los deberes del lunes. Que ya volvería a llamar...

¡Así que la *Ratita atómica,* la empollona cursi, le había dado plantón a él, a Víctor Santoña! Sabía muy bien que más de una niña de la clase se habría sentido muy halagada, pero que muy halagada, si él en persona la hubiera invitado al cine. Pero, ¿qué se creía aquella tonta? ¡Que se burlaran de ella...; mejor! Él pasaba de todos: de ella y de sus amigos, quienes, aunque no había reparado en ello, le estaban haciendo el vacío.

Y no pudo por menos de recordar que un plantón parecido le habían dado también Quique y Richi hacía dos semanas, cuando pusieron la excusa de que se habían confundido de hora. Era evidente que no les interesaba salir con un amigo con poco dinero, al que enseguida se le acababan las monedas para jugar a las maquinitas y había que prestarle, ahora tú, ahora yo, pero vamos, aquello ya iba siendo un abuso...

Entonces, en aquellos momentos de negras reflexiones, mientras volvía despacio a casa por las calles tan llenas de gente, y para él tan solitarias, vio claro lo que se había negado a aceptar: que sus amigos le huían. Que desde aquel episodio, no había vuelto a ir con ellos a las maquinitas. Siempre encontraba una excusa para no quedar con ellos: los deberes, su hermana..., pero la verdadera razón era que ni ellos querían que fuera ni a él le apetecía seguir yendo de aquella forma humillante.

Víctor no se puso a llorar porque le habían enseñado que los chicos no lloran por la calle. Pero, al regresar a su casa vacía —sus padres se habían ido de visita con la niña—, por primera vez en su vida, se sintió terriblemente solo.

Capítulo quinto

En que algunas cosas empiezan a aclararse

EL lunes, Víctor vio a Adriana. Iba tan tranquila como siempre y lo saludó sin inmutarse. Pero él no iba a dejar las cosas así.

—Oye: espérame a la salida, que quiero hablar contigo.

—Bueno.

Toda la mañana anduvo Víctor impaciente, aguardando a que sonara el maravilloso timbre de la liberación: el final de las clases. Toda la mañana estuvo programando y dando vueltas en su cabeza a diferentes tipos de discurso para echar en cara a la *Ratita* el feo que le había hecho el sábado.

Unas veces pensaba que enfadarse mucho era darle demasiada importancia y ¡esa tonta no lo merecía! Otras se decía que quizá lo mejor habría sido pasar de ella y no volver a dirigirle la palabra... Sólo había un problema: que él quería dirigirle la palabra, necesitaba oír una explicación.

Por fin transcurrió aquella mañana tan larga. Ella se apresuró a salir de clase antes que él y entre el barullo de los pasillos llenos de gente la perdió de vista. Cuando se puso a buscarla por el patio, no la encontró. Su moto estaba allí, sí. Pero, ¿dónde estaba ella?

Despistado, miró a su alrededor. Hasta que la divisó semiescondida detrás de una columna del porche.

—¿Qué haces ahí metida? No te veía.

—Como te da vergüenza que te vean conmigo, creí que tenía que esconderme.

Víctor enrojeció.

—¿Por qué dices esas tonterías?

—Pues porque lo sé de buena tinta. ¿O es que te crees que me chupo el dedo? Tú el sábado no habías quedado conmigo. Tenías que cuidar de tu hermanita...

—Bueno, es que... Verás: yo al principio pensaba que...

Víctor empezaba a liarse. Era inútil. Él no sabía disimular. Mejor sería reconocer las cosas.

—Mira, la verdad: a nadie le gusta que lo vean salir con una empollona.

—Yo no te lo pedí.

—Vaaale, vaaale, lo siento. Pero dime, ¿cómo rayos te enteraste?

—Mi hermano Antonio es compañero del hermano de Pepe... Aunque mira, ¿sabes lo que te digo?, que si tus amigos se van a reír de ti porque sales conmigo, pues no salimos y en paz.

—Ellos no son mis amigos. Sólo una panda para ir por ahí de vez en cuando. Creo que, en realidad, no tengo amigos...

—Es muy difícil eso de los amigos. Yo tenía una amiga y, desde que cambié de colegio, ya no nos vemos. Pasa de mí; ahora va con otra amiga nueva.

—¿Tienes prisa o nos tomamos una Coca-cola?

* * *

Aquel día, Víctor llegó muy tarde a su casa. Había charlado un buen rato con Adriana y venía muerto de hambre, pero contento. Ella le había contado muchas cosas y le había hecho ver que no todos los chicos de su edad tienen todo el dinero que quieren para salir y divertirse o para gastárselo en ropa de marca. Que algunos tienen que heredar el impermeable, la moto o el jersey de los hermanos mayores; tienen que trabajar dando clases particulares o cuidando niños para pagarse los extras, bien sea porque en casa hay muchos hermanos o porque los padres ganan poco dinero.

Adriana era uno de esos casos. Se pasaba las tardes en un magnífico chalé de la Moraleja, cuidando de tres críos cuyos padres no llegaban hasta la hora de la cena. Al mayor, de siete años, había que ayudarle a hacer los deberes; al mediano, de tres, había que entretenerlo y tenerlo controlado; y a la bebé, de ocho meses, había que darle biberones y papillas, cambiarle los pañales... Por eso necesitaba la moto. Para poder ir y venir cada tarde del colegio a su casa y de su casa al chalé.

No tenía tiempo ni para respirar. Los deberes los hacía a las seis de la mañana, hora en que sonaba su despertador. ¡Y podía darse con un canto en los dientes! Aquella gente le pagaba muy bien. La habían cogido porque una persona conocida la había recomendado. Al principio, los padres de los niños creían que ella era demasiado joven para tanta responsabilidad, pero en cuanto la tuvieron a prueba unos días, cambiaron de opinión.

Hierba N ha diseña-
do una de cama
funcional tejidos de
máxima ad pensa-
dos para sfacer las
necesidad
frece un surti
de lana o cie
s escocesas
tas. Las lisas
laudio Coell
rucarse en el
tro colores y
cinco tonos.
PINTURA
Eliseo Vicen
canzó notor
de pintura jo
a Madrid, de
va York, y
principales
vez, estab
1985 cr
Pepe Pe
telas para
algodón.
cincuenta
una aparie
precio es
lección de
de lino y
gama de
e lino da

No todas las chicas se gastaban el dinero en ir a la moda. A Adriana le encantaba leer y viajar. Y en eso invertía sus ahorros. Compraba todos los libros que podía; libros dispares, de los temas más variados: de magia, de terror, de novela negra, policíacos, de aventuras, de las películas que más le impresionaban...

Le gustaban los esotéricos, los que planteaban extrañas hipótesis sobre el origen del hombre y los que trataban sobre los extraterrestres. También le encantaban las novelas, y más aún las novelas históricas y las biográficas, que contaban cosas que habían pasado de verdad. Pero, sobre todo, le chiflaban los libros de viajes, donde podía ver fotografías de países remotos y de lugares que todavía no conocía pero que ansiaba visitar. Algún día podría hacerlo...

Todos los años se apuntaba a algún viaje escolar. Ahora estaba ahorrando para el que habían proyectado a París, durante las vacaciones de Semana Santa. Su gran ilusión era que, más adelante, cuando fuera un poco mayor, sus padres le permitieran viajar con alguna amiga, o en pandilla, y recorrer Europa en tren con la mochila a cuestas, alojándose en albergues juveniles...

Soñar no le costaba dinero. Tenía mapas en los que había marcado las diferentes rutas que podría hacer. Tenía planos de las ciudades deseadas, cuyas calles y plazas conocía de memoria y recorría con su dedo con el mismo deleite con que las recorrería a pie.

A Víctor se le abría un mundo nuevo oyéndola. Hasta la fecha, a él sólo le había interesado veranear en algún lugar con playa, piscina, cine de verano y *marcha* por las noches.

En vacaciones, sus padres siempre levantaban un poco la mano: le dejaban llegar más tarde y no le pedían muchas explicaciones de su tiempo libre.

Pero... sí, sería bonito poder darse un garbeo por todos aquellos lugares que ella mencionaba: las grandes capitales con sus impresionantes avenidas, monumentos y museos; los pueblos pequeños y típicos, de casas empinadas como las de los libros de cuentos. Sería bonito sentir un aire distinto azotándole la cara y escuchar música tradicional en otros idiomas; degustar los sabores y olores de comidas distintas; el trajín de hacer y deshacer la mochila cada mañana, cada vez más pesada de ropa sucia, postales y recuerdos, cada vez más deslucida y más cargada de historia...

Se le contagió el entusiasmo de su compañera. Y los dos soñaron sobre el plano de París, la ciudad a la que irían durante las vacaciones de Semana Santa y en la que permanecerían ¡tres días! Tres días completos, con sus tres noches...

Capítulo sexto

En que el niño bien deja de ser un niño bien y se convierte en un currante

LA Navidad se acercaba, y entre los cambios de decoración que experimentaba el barrio, a Víctor le llamó la atención uno en especial: se trataba de un pequeño bajo que hacía esquina no muy lejos de su casa, cerca de aquella plaza donde hasta poco antes quedaba con Pepe para ir a jugar a las maquinitas.

Habían pintado la fachada de rayas rojas y blancas y habían puesto el gigantesco rostro de un cocinero sonriente flotando sobre un rótulo que decía: «Pizza-Quick». Trabajaban apresuradamente, como si quisieran abrirlo antes de las fiestas. Y así fue. En pocos días, el chiringuito estaba arreglado y la gente se paraba a la puerta para leer la lista de precios de las pizzas, expuesta en la calle.

Víctor se acercó también. Entonces vio, pegado al cristal, un cartel que decía:

Se necesitan chicos para repartir.

No lo pensó dos veces. Entró y preguntó por el encargado.

Éste era un hombre fornido que estaba sentado en una silla, mirando trabajar a los demás. Le pasó a una minúscula oficina sin ventanas y le preguntó:

—Así que tú quieres trabajar de repartidor, ¿eh?

Víctor se sintió incómodo al constatar que el tipo aquel lo miraba de arriba abajo. Comprendió que su aspecto: pantalones vaqueros de marca, zapatillas de deporte de marca, un chaquetón plumífero de supermarca, no encajaba con el hecho de que quisiera trabajar de repartidor. Pero se mantuvo firme.

—¿Y tus padres te dan permiso?

¡Caray! No había contado él con eso.

—Como eres un menor, tienes que traer firmados estos papeles. Empiezas la semana que viene, toda la tarde. Y en Navidad, en los días clave, no hay horario. Ya lo sabes: una semana de prueba. Si no respondes, tengo veinte como tú esperando. La suerte para ti es que has sido el primero en venir.

Su padre no le dijo nada más que esto:

—Habla con tu madre y, si ella está de acuerdo, firmaré esos papeles.

Su madre fue más dura de pelar.

—¿Y cuándo vas a hacer los deberes?

—Los fines de semana, con Adriana. Ella también trabaja de lunes a viernes...

—Pero andar en moto por ahí es muy peligroso...

—Mamá, son unas motos pequeñas, casi como bicicletas; no hay ningún peligro. Sólo me moveré por esta zona; me lo dijo el dueño. ¿No ves que cada uno tiene una zona? A mí me ha tocado la mejor, porque he sido el primero.

—Tu trabajo es estudiar. No quiero que te metas en líos.

—Vamos, mamá. Tú estás haciendo dos trabajos, y papá está todo el día trabajando. Mi amiga Adriana también trabaja todas las tardes, y es la que mejores notas saca. Anda, por favor, déjame...

Pero su madre seguía poniendo pegas.

—Y quién va a cuidar de la niña mientras tú te pasas la tarde por ahí trabajando, ¿eh? ¿A que no habías pensado en eso?

Víctor enmudeció. Efectivamente, no había pensado en eso.

—Mamá, estoy seguro de que encontrarás alguna vecina, alguna persona que quiera ocuparse... ¿Qué tal Paqui, la del segundo? A ella le encanta la niña. Siempre lo dice. Y total, es una vieja que no tiene nada que hacer.

—No hables así de las personas mayores. Además, Paqui no es tan vieja... Para vosotros los jóvenes, los mayores de treinta años ya somos viejos... Bueno, hablaré con ella, y según lo que me diga, podrás hacerlo o no.

* * *

Salía de clase tan contento, a toda prisa, para llegar puntual aquel primer día. Apenas tenía tiempo de comer, y eso era lo que más había preocupado a su madre. Afortunadamente, no cayó en la cuenta hasta después de haber solucionado el problema de la niña con la vecina del segundo. Si lo hubiera pensado antes, es muy dudoso que le hubiera dado permiso.

Víctor le aseguró que cenaría bien y que, de momento, tomaría un bocadillo y una fruta a mediodía.

—Así lo hacen los ejecutivos en América...

Iba tan contento, decíamos, en el autobús. De la parada al Pizza-Quick había dos bocacalles. Cuando llegó, el dueño lo estaba esperando malhumorado.

—Tienes que intentar ser más puntual. Hale, ponte esto, que ya tienes ahí un pedido.

No sabía que tuviera que ponerse nada, pero por lo visto, además de repartidores, los chicos hacían las veces de hombres anuncio. Le encasquetaron una gorra y una especie de blusón de rayas rojas y blancas con el distintivo de la casa: el cocinero sonriente flotando sobre las palabras «Pizza-Quick».

A Víctor le encantaba andar en moto. Sin embargo, nunca sospechó que hacerlo toda la tarde repartiendo pizzas pudiera resultar tan agotador. Casi nadie daba propina. El aire le helaba las mejillas. A veces no tenía tiempo ni de ir a mear. La gorra y el blusón le parecían ridículos, así que, para evitar la vergüenza que sentía, se le ocurrió que al día siguiente se pondría sus gafas de espejo, a fin de que nadie pudiera reconocerlo fácilmente.

Cuando por la noche llegó a casa y su madre le preguntó con inquietud cómo le había ido, sentía ganas de llorar, de volver a ser un niño pequeño, echarse en sus brazos y que le durmiera contándole un cuento. La vida real era dura y horrible. Estaba muy cansado y hambriento. Sólo quería cenar algo caliente y echarse en la cama.

¡Y eso el primer día! Pero acabaría acostumbrándose. Adriana había aplaudido su decisión y no podía defraudarla volviéndose atrás. Tuvo que hacer de tripas corazón y mentir a su madre hablándole con falso entusiasmo de lo divertido que

PIZZA
QUICK

resultaba pasearse en moto por ahí toda la tarde y que encima te pagaran por hacerlo... También ella venía cansada de trabajar y nunca se quejaba. Al contrario: se ponía a preparar la comida del día siguiente como si nada.

Y resultó cierto que a todo se acostumbra uno. Los días fueron haciéndose menos pesados a medida que iba cogiéndole el tranquillo a la cosa. Ya no corría agobiado como el primer día. Observó que sus compañeros no se lo tomaban tan a pecho. Mientras les preparaban los repartos, había unos minutos para charlar con el compañero, beber una coca o, ¿por qué no?, comerse un pedazo de pizza.

En cuanto a los deberes... Su padre había ido a hablar con la tutora, que era la de Historia, para explicarle que su hijo empezaría a trabajar por las tardes. Ella le dijo a Víctor que no se preocupara, que si atendía en clase y estudiaba los fines de semana, podría sacarlo todo sin problemas, porque no tenía un pelo de tonto. Así se lo dijo. Y, en efecto, Víctor observó que los profes, en general, le preguntaban menos en clase y no eran tan exigentes a la hora de pedirle los deberes del día anterior. Por otra parte, desde que se sentaba con Adriana aprovechaban algún que otro recreo para ponerse al corriente.

Con Richi, Pepe y Quique ya apenas hablaba. Se saludaban, eso sí, cada vez que se cruzaban. Pero nada más.

Una tarde, sin embargo, Víctor se llevó una sorpresa desagradable. El encargado puso en sus brazos tres enormes cajas y una dirección pegada con celo:

Sres. Segovia
Carretela, 5, 7.° A.

Aquella dirección le resultaba familiar. ¡Y tan familiar! Se trataba de la casa de Pepe. No había vuelto por allí desde hacía unas cuantas semanas que a él se le antojaban siglos.

Miró a su alrededor por si cualquier otro chico pudiera hacer el reparto en su lugar. Le horrorizaba que lo viesen en aquella casa con el blusón y la gorra. Hasta el momento, no se había topado con ninguno de su panda en semejantes circunstancias.

No encontró a nadie disponible. Y ya el encargado lo empujaba con urgencia hacia la motocicleta.

—Vamos, chico, que hoy parece que estás dormido.

Antes de girar la esquina del edificio de Pepe, paró un momento y se quitó el blusón. Hizo con él un rebujo y lo escondió en la cesta.

Tembloroso, presionó el timbre. Ojalá lo atendiese la criada y no dijese nada. Pero no: tenía que ser la madre de Pepe en persona quien abriera la puerta.

—¡Víctor! Pero, ¿eres tú?

—Sí, señora. Trabajo en Pizza-Quick por las tardes.

—Con razón hacía tanto tiempo que no te veía por casa... Pero pasa, hombre, pasa y siéntate. Pepe no me había comentado nada de que estabas trabajando...

—Lo siento, es que llevo mucha prisa. No puedo pasar.

Desde dentro, unas voces conocidas canturreaban rítmicamente.

—¡Que veeengan las pizzas, que veeengan las pizzas! ¡Que nos morimos de hambre!

Víctor retrocedió instintivamente hacia el ascensor. La madre de Pepe pareció comprender.

—Está bien. Quédate ahí, que voy a por el dinero.

Por lo que oía, estaban jugando al Monopoly y, evidentemente, ellos no iban a asomarse a saludar al chico de las pizzas. Mejor que aquella señora le guardara el secreto.

—Toma, hijo... Y lleva cuidado por ahí.

—Sólo son tres pizzas... Creo que se ha equivocado.

—No me he equivocado. El resto es propina para ti. Te la mereces. Siempre pensamos que los jóvenes sólo os dedicáis a divertiros y a gastar... pero ya veo que no es así. Te felicito por lo que estás haciendo.

No podía evitarlo. Ante aquella señora tan simpática se estaba poniendo colorado.

—Ojalá estuviera segura de que mi hijo, llegado el caso, estaría dispuesto a hacer lo mismo que tú.

—Bueno, gracias. Tengo que irme.

—¡Oye! A ver si te vienes con nosotros algún domingo al campo. Ya le diré a Pepe que te he invitado.

—Vale, vale —dijo Víctor.

Aunque, en el fondo, no le apetecía nada.

Capítulo séptimo

En que se da cuenta de una visita navideña

NAVIDAD traía consigo, entre otras muchas costumbres, la obligaba visita de la abuela Teresa. La abuela Teresa era la madre de su madre, castellana de pura cepa que alardeaba de llamar al pan pan y al vino vino, de cantarle a cualquiera las verdades del barquero, y de que era mejor ponerse una vez colorada que ciento pálida. Con esto tenemos un retrato robot de una parte del carácter de la abuela.

Otra parte era su coquetería. Desde que cumplió cincuenta años, no había vuelto a confesar su edad. A quien le preguntara, respondía siempre lo mismo:

—Sincuenta...

Lo que quería decir exactamente eso: sin cuenta, que se negaba a llevar la cuenta.

Entre sus varias manías, destacaba el afán de grandeza. Como su casa solariega, cercana a la aldea de Hoya de la Guija, en la provincia de Ávila, tenía un escudo en la fachada y un árbol genealógico en el zaguán, estaba empeñada en que pertenecía a la aristocracia. Su mayor frustración era que su hija se hubiera casado con un almacenista en vez de con un duque o con un conde, que era lo que le correspondía.

Tenía, además, la pasión del coleccionismo: todo lo guardaba, todo le servía; reunía postales, sellos, monedas, posavasos, bolsitas de azúcar...

En su viejo caserón no había agua corriente ni luz eléctrica; el cartero llegaba allí una vez al mes. Y todo esto no es de extrañar, pues los habitantes de la aldea de Hoya de la Guija, a causa de su aislamiento, ni siquiera se enteraron del comienzo de la guerra civil del 36.

Los primeros años de vida de Víctor habían ido a veranear allí. Y todavía acudían de vez en cuando a pasar un fin de semana, para lo que tenían que llevar tanto equipaje como si se fueran de *camping*.

Víctor no había olvidado sus primeras impresiones infantiles de aquella casa: habitaciones de techos altos, con las paredes recubiertas de papel pintado con cenefas y flores decimonónicas; camas enormes, de barrotes retorcidos, fríos y metálicos, con sábanas heladas y tiesas, de hilo almidonado, que había que templar con el calentador de mango largo; una cocina de las llamadas económicas, con un fogón de leña tapado por círculos de hierro que, según se retiraran, proporcionaban más fuego a la olla...

Por supuesto, ni tele, ni vídeo, ni microondas. El único electrodoméstico era un vetusto frigorífico de madera gris clara que se abría con una manilla y tenía un pingüino de esmalte con la marca en el ángulo superior.

La casa terminaba en un sótano resbaladizo y oscuro donde estaba prohibido bajar a jugar, porque había peligro de derrumbamiento. Lo sostenían arcos de medio punto que debían de ser medievales, como lo era también la imagen de una virgen románica tallada en piedra que, gracias a unas obras de reparación, se encontró tras un muro, intacta en su hornacina. La abuela la donó a una parroquia de Ávila.

A Víctor, de pequeño, le impresionaba mucho la mansión de la abuela. Se sentía terriblemente solo en su inmensa cama, «de cuerpo y medio», que decían, frente al armario de luna cuyo espejo parecía acrecentar el misterio de la oscuridad nocturna. De madrugada, cuando aún no ha llegado la luz del día, las casas viejas se quejan: crujen sus muebles, sus tarimas; trabajan telarañas y carcomas; corretean cucarachas, y quién sabe si ratas, por los sótanos húmedos...

Una de las cosas que más preocupaban a Víctor de niño era el cuadro de un señor muy serio, todo de negro, con la mano escuálida al pecho y la empuñadura dorada de una espada como única luz en aquel óleo tenebroso.

Su padre, de broma, le decía que por la noche el caballero bajaba del cuadro y se paseaba por la sala. Su madre siempre protestaba:

—Vas a asustar al niño, y luego lo tengo que meter en nuestra cama para que se duerma.

Ahora Víctor ya sabía, porque lo vio en un libro de arte, que el cuadro que tantas pesadillas le provocara antaño era una reproducción de *El caballero de la mano al pecho,* del Greco. Su gran ilusión sería poder asustar a su hermana de la misma forma que él fuera asustado.

Pero el verano anterior, que pasaron un par de días en el pueblo, resultaron vanos sus intentos amedrentadores. *Patita*

1136.

no pareció lo más mínimo impresionada por el cuadro. Al contrario: se reía cada vez que su hermano, con voz cavernosa, le explicaba historias terroríficas delante de él.

A pesar de las incomodidades de una casa tan vieja, a sus padres les gustaba acercarse de vez en cuando hasta allí. Aunque fuera verano, había que llevar chaqueta, porque aquella zona resultaba muy fría. Pese a ello, los prados verdes, los bosques silenciosos, los montes al alcance de la mano, el aire purísimo, constituían un gran aliciente para los «urbanícolas», como decía su madre.

En Navidad era la abuela quien los visitaba. La abuela era una persona muy independiente. Su residencia habitual se encontraba en Ávila, donde había comprado un piso pequeño y cómodo, aunque en realidad apenas paraba en él. En cualquier momento, los llamaba desde Mallorca o desde Lanzarote.

—Que me he apuntado a un viaje con Marita —Marita era su amiga de toda la vida y su compañera de correrías— y estamos aquí tomando el sol.

La víspera del día de nochebuena fue la fecha escogida por la abuela para su solemne llegada, cargada de pieles y joyas, de maletas, neceseres y bolsas, de exclamaciones y besos estrepitosos, y dejando un inconfundible rastro de perfume francés, apestoso según Víctor.

La abuela dormía y guardaba sus cosas en la habitación de Patricia, que tenía dos camas. Sin embargo, su llegada constituía una invasión en toda regla: por cualquier rincón de la casa aparecían sus fotos del último viaje o de sus sonrientes nietos, sus revistas religiosas y profanas, sus medicamentos, sus cartas, sus pañuelos, sus llaves...

—¿Dónde están mis gafas? Pero dónde las habré dejado, caramba. Éstas no son, Victorín, cariño. Las que busco son las de leer..., las que tienen un cordoncito...

Víctor odiaba los diminutivos que empleaba la abuela para dirigirse a él o a su hermana, pero no podía luchar contra su impasibilidad. Él era, y sería siempre, Victorín, y su hermana, Patricina.

Y, a todo esto, las gafas de la abuela aparecían encima del televisor, detrás de la panera, en un cajón del cuarto de Patricia... Nunca se sabía. Más de una vez, la abuela tenía que recitar su larguísima oración a san Antonio, que, según ella, no fallaba para encontrar los objetos perdidos.

Si buscas milagros, mira:
muerte y error desterrados,
miseria y demonio huidos,
leprosos y enfermos sanos.
Prendas y objetos perdidos
recobran mozos y ancianos.
El peligro se retira,
los pobres van remediados;
cuéntense los socorridos,
díganse los paduanos.
Ruega a Cristo por nosotros,
Antonio bendito y santo,
para que libres así
de nuestros males seamos.
Amén.

—Con lo larga que es esa jaculatoria, comprendo que le dé tiempo a encontrar lo que busca —decía su padre, al que le gustaba mucho hacer guasa de la abuela... Aunque siempre a sus espaldas, por si acaso.

La abuela tenía la particularidad de que nunca le preguntaba a Víctor qué quería, sino que se lo compraba directamente. Parecía conocer al dedillo los gustos de su nieto. Aquella Navidad, le trajo unas zapatillas —por supuesto, de marca— con cámara de aire y una banda fosforescente en el talón. Víctor dio un salto de alegría y la abrazó en toda regla.

¡Era justamente lo que a él le gustaba! La última novedad anunciada en la tele... Incluso estaba dispuesto a ponerse, mientras estuviera allí la abuela, la bufanda escocesa que también le regaló —porque la abuela siempre le hacía dos regalos: uno a gusto del interesado y otro a gusto suyo— y que, por supuesto, nunca llevaría a clase.

—Así que este año no salís en nochevieja...

—Este año sólo saldrá Víctor, porque en su colegio han organizado una fiesta para sacar dinero por lo del viaje de fin de curso. Nosotros lo celebraremos en casa. Total, es una noche en la que no hay más que borracheras, accidentes y jaleo... Más vale salir a divertirse cualquier otra noche del año.

—Y el niño, ¿por qué se pasa la tarde fuera?

(«El niño» era Víctor, claro, que, para la abuela, se había quedado plantado en los siete años.)

—Es que ha cogido un trabajillo para pagarse el viaje escolar y sus caprichos... Es bueno que empiece a responsabilizarse.

—Hija, no paras. No comprendo cómo has podido despedir a la asistenta que tenías. Si además era una joya de chica...

A la abuela no había quien la engañara. Con medias verdades y atenuantes, no hubo más remedio que decirle algo sobre la nueva situación familiar.

Capítulo octavo

En que se ve que las fiestas navideñas pueden deparar auténticas sorpresas

CENA de nochebuena. Un belén debajo del árbol artificial que la madre desempaquetaba de año en año. Música de villancicos sonando en la radio —a aquella hora, la tele sólo ponía «gansadas», en opinión de la abuela, a quien dejaban que mandara porque total sólo pasaba unos días allí—. *Patita,* con su vestido de terciopelo azul oscuro y encaje, que tanto aborrecía, parecía ser la única persona a la que todavía su madre podía arreglar al gusto de la abuela.

Los cinco estaban solemnemente sentados en torno a una mesa atiborrada de fiambres, patés, botellas que nunca se terminaban, cubiertos y copas relucientes, de las que se pasan el año en la vitrina de la sala.

—Éste es mi regalo de Navidad y Reyes, todo junto.

—¡Pero doña Teresa! —el padre de Víctor, en las ocasiones solemnes, la llamaba así—. Esto sí que no podemos aceptarlo.

Un sobre navideño, decorado con acebos y purpurina, escondía un cheque de muchos ceros.

—Muy bien, pues si no lo aceptáis, no volveré a visitaros. Me voy de aquí inmediatamente. Ahora mismo hago el equipaje.

—Anda, mamá, no te lo tomes así... Claro que lo aceptamos. Dile algo, hombre. ¿No ves que es capaz de irse de verdad?

—Es que, si no puedo hacer a mis hijos el regalo que me dé la gana, entonces lo mejor es que me vaya a un hotel.

—Bueno, de acuerdo, pues muchas gracias. Pero que conste que lo acepto sólo como préstamo.

—Sí, hijo, sí; y no te olvides de ir apuntando los intereses...

* * *

Habían alquilado una enorme y destartalada discoteca en las afueras. Habían invadido su fachada de carteles navideños y de otros alusivos al viaje cultural a París, todos diseñados por Jaime, el artista de la clase, que incluso acudía a un taller de pintura tres veces por semana.

Casi todos los chavales y chavalas del curso inferior habían picado, deseosos de alternar con los mayores, y habían adquirido una entrada de considerable precio que les permitiría tomar las uvas en compañía, echar un par de serpentinas, beberse un refresco y bailar hasta la madrugada.

Luis, el especialista en sonido, se encargaba de hacer de pinchadiscos. Había de todo: rumba, salsa, *rock,* flamenco-pop...

Desde que sus amigos de la panda le dieran la espalda, Víctor se había acercado a otra gente. Y había descubierto que en clase podía encontrar tipos interesantes, aunque no llevaran ropa de marca.

Por ejemplo, Luis el pinchadiscos, que siempre andaba un poco despistado con los cascos puestos y no se preocupaba de la ropa porque todo se lo gastaba en cintas, discos y compactos. O Pedro, el deportista, un chico simpático, aunque a veces se ponía un poco pesado hablando de baloncesto. O Emilio, el delegado de clase, temido por sus chistes repugnantes, que uno no podía escucharlos mientras se comía el bocadillo...

En aquella ocasión, Víctor había quedado con Luis, a quien le prestaría algunos buenos compactos que guardaba del verano. Luis había tenido más suerte que él: disfrutaba de una rugiente y reluciente moto, regalo navideño familiar.

En ella fueron los dos a la fiesta. Hacía frío y Víctor echó de menos la horrible pero calentita bufanda escocesa; no obstante, de ningún modo se la iba a poner para acudir a la fiesta.

Mientras aparcaban, vieron la descascarillada moto amarilla de Adriana. Ella ya estaba dentro... Víctor sintió un pellizco en el estómago. Hasta ese momento, no había sido demasiado difícil ser el amigo de la empollona. Pero lucirse en público con la chica a la que todos seguían llamando *Ratita,* oficializar así su incipiente relación, le parecía una pasada.

Había conseguido convencerla de que no podía acompañarla porque previamente había quedado con Luis para darle los compactos. Sin embargo, sabía que se la encontraría nada más entrar. No había querido pensar en ello. Temía verse perseguido por ella durante toda la noche, cuando, la verdad, había muchas otras compañeras que no estaban nada mal y con las que podría charlar y bailar de no mediar el invisible lazo de compromiso —nunca dicho del todo, sólo intuido— que lo ligaba a la *Ratita*...

Respiró profundamente. ¡Qué se le iba a hacer! Quizá fuera mejor hablar con ella seriamente después de las fiestas y aclarar las cosas. Amigos, sí; pero nada más.

A pesar de la temprana hora, la sala estaba animadísima. Los pequeñajos de segundo movían el esqueleto siguiendo el ritmo de la música de fondo bajo unas luces mediadas, mientras en la barra empezaban a servirse los primeros refrescos... sin alcohol, claro, porque, de otra forma, la fiesta no habría sido autorizada.

Varias chicas de la clase de Víctor estaban sentadas aparte, todas juntas, esperando y mirando a hurtadillas a los que iban entrando.

Entre ellas destacaba, quizá por el color de su atuendo, quizá por un aura especial, indefinible, que la rodeaba o que emanaba de ella misma, una muchacha resplandeciente. Lucía un vestido rojo, cuyo brillo tornasolado cambiaba a cada movimiento, y le caía una ondulante melena sobre los hombros.

A Víctor aquella silueta le resultaba vagamente familiar, aunque, en la penumbra, no se sentía seguro de poder identificarla... Estaba claro que las chicas que veía todos los días parecían otras en las ocasiones especiales... Pero, ¿de quién se trataba esta vez?

¿Por qué no intentar comprobarlo? Para eso servía la noche mágica de fin de año. Después de todo, no divisaba por ninguna parte las gafas gruesas ni el moño tirante de la Ratita... Pues esa noche, no sabía por qué, se la figuraba con moño, en vez de con su coleta de siempre.

Al irse acercando, vio que ella le sonreía. Y entonces la reconoció y se quedó de piedra. ¡Era la *Ratita!* Pero no. Ya no era la misma. Como en los cuentos, como si un hada la hubiera tocado con su varita mágica, la *Ratita* se había transformado en princesa.

A Víctor le habría gustado decirle algo espectacular. Una de esas frases que sueltan los tíos en las películas cuando ven a una tía buena y se la quieren ligar. Pero la larga frase se redujo a dos sílabas:

—Hola...

—Hola...

Y a unas cuantas palabras absurdas por lo evidentes.

—No llevas las gafas...

—Es que me han revisado la graduación y me han puesto lentillas... Ha sido mi regalo de Navidad. Ya nunca volveré a usar esas gafas horribles.

Así que ya no arrugaría más la nariz. Ya no le pegaba el mote de *Ratita.* Ahora ya no parecía ninguna ratita.

Víctor deseó intensamente que sonara una pieza lenta. Y como cuando algo se desea tanto suele suceder... Sucedió.

—Adriana...

—¿Qué?

—¿Bailamos?

* * *

En el aire vibraba el humo oloroso de los fuegos artificiales. Todos y todas se felicitaban el año nuevo con un frenesí que, en más de un caso, a Víctor se le antojaba ficticio, producido por esa borrachera contagiosa de la alegría colectiva.

Adriana y él oyeron las campanadas de fin de año cogidos de la mano. Y, aunque no era supersticioso, Víctor formuló un montón de deseos para el nuevo año mientras se tragaba las uvas con pepitas y todo: que a su padre le fuera bien el negocio, que su madre no tuviera que trabajar tanto, que Adriana siguiera teniendo ese mismo aspecto... Y que él consiguiera la moto de sus sueños...

Capítulo noveno

En que se empieza a hacer verdad el dicho de «año nuevo, vida nueva»

A LA vuelta de vacaciones de Navidad, los profesores no podían explicarse el cambio operado en Adriana, aquella niña tímida y huraña que vestía de cualquier manera y sólo se preocupaba de estudiar.

No es que de repente vistiera mejor. Seguía con su vieja moto y con sus pantalones gastados, pero una nueva luz resplandecía en su rostro. Una luz que iba más allá del brillo de las lentillas. Y lo cierto es que ahora procuraba peinarse con más gracia: de vez en cuando se hacía una trenza, un recogido con clips de fantasía, o bien se dejaba el pelo suelto, lacio, sobre los hombros...

En cuanto a Víctor, sin llegar a ser un estudiante de los primeros, pues tenía poco tiempo para hacer los deberes por culpa de su trabajo en la pizzería, desde que se sentaba al lado de Adriana en todas las asignaturas, aprovechaba mucho más las clases y no tenía ganas ni ocasión de hacer gamberradas. Los fines de semana se reunía con su amiga para hacer juntos los deberes. Luego, salían a dar una vuelta, al cine y, a veces, a la disco.

Ya no le importaba tanto el aspecto de Adriana, que su moto y su impermeable fueran heredados de su hermano mayor, que la ropa que gastaba la comprara en unos almacenes baratos... Adriana era la chica más lista de la clase, y eso no lo podía discutir nadie. Quizá no fuera la más guapa, pero, en ocasiones, a Víctor se lo parecía.

Su nueva pandilla ahora estaba formada por Luis, Emilio, Pedro —cuando no entrenaba— y, por supuesto, Adriana. Con ellos no jugaba a las maquinitas, porque se divertían de otra manera. Empezó a ver lo de las maquinitas como algo infantil y sin sentido. Como una etapa ya superada. Como el juguete que se arrincona en el armario.

¡Qué deprisa pasaron aquellas semanas de enero a marzo! Y en abril se iban a París. ¡Y abril estaba al llegar! Trayendo, como siempre, la primavera...

En la ciudad, la primavera también se dejaba notar en los parques, en las macetas de los balcones, en los árboles presos en las aceras. Había tejados llenos de pájaros, bancos donde la gente se sentaba al sol y un aire nuevo, todavía frío, pero más limpio.

Tenía que renovar su vestuario. Los pantalones y las camisas se le habían quedado raquíticos. ¡Cuánto había crecido Víctor! Su madre se pasó una buena mañana de sábado probándole la ropa del año anterior y retirándola en una bolsa para los pobres de la parroquia. *Patita* se reía al ver los gestos de su hermano: se estiraba para demostrar que las mangas le cubrían muy por encima del puño y que los bordes del pantalón le llegaban hasta los calcetines.

—Este año no te podré comprar la ropa donde siempre

—le dijo su madre—. Iremos a un sitio más económico y te compraré sólo lo justo.

—Pero mamá, ¿ni siquiera unos vaqueros Pepo's? Al menos, eso.

—Mira, Víctor, lo de las marcas es una manía tuya. Casi todos los vaqueros son por el estilo. Esa marca es la más cara que hay... ¿O cómo te crees que pagan tanta publicidad como hacen?

Víctor torció el gesto. Su madre acabó comprándole unos vaqueros que estaban de oferta. Eran bonitos y le caían muy bien... pero no llevaban la etiqueta Pepo's.

Los antiguos amigos de Víctor no acababan de admitir la amistad de éste con Adriana. Al principio, los llamaban «la parejita» y cosas por el estilo, para reírse de ellos. Hasta que terminaron cansándose al ver que ni Adriana ni él les hacían caso. Desde que empezó a ir con Víctor, Adriana no sólo había cambiado de imagen, sino que también intentaba relacionarse más con la clase, y la mayoría de sus compañeros empezaba a perdonarle que fuera la empollona y la trataba con simpatía.

Ahora, Víctor apenas tenía tiempo de ver la tele. Algunos viernes que llegaba a casa más temprano, se ponía a soñar frente a las insinuantes imágenes de la pantalla. Ante aquel anuncio de vaqueros Pepo's, se preguntaba si en verdad existiría un lugar así: una playa vacía por donde correr él solo con alguien... Con alguien que podía ser Adriana. Si cerraba los ojos, le parecía sentir el aire marino rizándole el cabello, el sabor a sal en los labios y el cosquilleo de la arena mojada bajo las plantas de los pies.

Lo malo era que, según marchaban los planes familiares, aquel verano ni siquiera podrían irse de vacaciones a la playa. Las vacaciones costaban mucho dinero. Hasta entonces, Víctor no se había parado a pensar en la cantidad de dinero que hace falta para todo en la vida.

Su madre se lo había explicado: el viaje; el hotel o el apartamento, que venían a salir por el estilo; la comida; el alquiler diario de sombrillas y tumbonas, y el esporádico de motos acuáticas —que a Víctor le chiflaban—, patines de agua... Más los extras: refrescos, helados, cines, discotecas, aperitivos, cenas... Todo costaba dinero.

—Y no vamos a ir allí para pasearnos con las manos en los bolsillos —le añadió su madre—. Si se puede se veranea, y si no, pues no se veranea. No pasa nada. Hay mucha gente que se queda en Madrid en verano.

Adriana, por ejemplo... Pero, a pesar de todo, Víctor habría preferido cambiar de aires. Sin embargo, una vez que su madre y él hicieron números sobre la mesa, entendía que renunciar al veraneo significaba ahorrar mucho dinero que serviría para «ir saliendo adelante», como decía su padre.

No era él el único que se sacrificaba. Sabía que a su madre le encantaba salir los fines de semana y, sin embargo, hacía meses que no salía. La única que iba a veranear era su hermana. Unos primos de su madre que tenían un apartamento en Gandía se habían ofrecido a llevarla con ellos durante un par de semanas.

—¿Y por qué no me invitan a mí también? —se quejó Víctor.

—Mira, hijo, bastante tenemos que agradecerles con que se ocupen de la niña. No tienen sitio. Son tres niños los que están con ellos además de Patricia. Tienes que darte cuenta.

—Pero yo puedo dormir en un colchón en el suelo —insistía Víctor, que buscaba por todos los medios no quedarse sin playa.

Hasta que se le ocurrió una solución genial.

—¿Por qué no se lo decimos a la abuela? Seguro que ella querría llevarme a la playa...

—Durante el verano, tu abuela hace sus viajes con Marita, ya sabes. El año pasado se fueron a Tailandia. Este año no sé a donde irán. Creo que el único continente que no ha pisado es Australia...

—Pero a lo mejor a la vuelta quiere llevarme a la playa.

—A ella no le gusta la playa. Seguramente pasará unos días en su casona de la Guija. Allí sí que podríamos ir, si te apetece.

—¡Pues vaya rollo!

Su madre lo consoló recordándole el inminente viaje a París. Y ése fue el único argumento que surtió efecto.

Capítulo décimo

En que se describe lo que es un viaje cultural, para quien no lo sepa[1]

LLEGABA, ¡por fin!, el momento de preparar el equipaje. El autobús salía a primera hora de la mañana, así que su madre insistió en que se pusiera la cazadora sobre el chándal.

—En París seguro que hace más frío que aquí.

Olorosos a café, a colonia, a sueño interrumpido, chicos y chicas se apretujaban en torno a la puerta entreabierta del autobús, que, como una mansa boca desdentada, los iba tragando uno a uno, con sus bolsas repletas de tebeos, bocadillos, cámaras y alguna que otra botella escondida...

Las primeras horas todo fueron gansadas. Marisa, la profe de Historia, que no paraba de hablar en voz baja con una amiga suya que la acompañaba, les dejó el micro para que contaran chistes, hasta que éstos subieron tanto de tono que tuvo que cortar. Entonces les puso una película de vídeo que se veía fatal.

[1] Entre otras anécdotas verídicas que se mencionan, la autora hace constar que la del comerciante abusón es auténtica. Sucedió en cierto viaje de estudios a la ciudad de Bruselas, en lugar de en París.

Llegó la hora de comer y pararon en un enorme restaurante de autopista. Pero la mayoría ya había digerido bocadillos, bebidas, patatas fritas, chocolate..., cuyos rastros se desperdigaban por el suelo del autobús ante el disgusto del chófer.

—No bajaréis hasta que no esté todo recogido. Y no quiero migas en los asientos. ¡Debería daros vergüenza!

Incluso la profe se puso colorada. Pero siempre había algún caradura.

—Yo es que tengo que ir al servicio...

* * *

Tras el agotador viaje en autobús, duchados, cenados, descansados y satisfechos, los jóvenes se disponían a abordar su primera experiencia en *Paris la nuit:* un paseo por el Sena a bordo del *Bateau-Mouche.*

Todo eran exagerados «oooohs» de admiración ante cada edificio, al pasar bajo cada puente. Aunque, la verdad, poco se veía a no ser que uno saliera al exterior para ser azotado por el viento y la lluvia. Pero el paseo terminó enseguida, y como todos decían que «la noche es joven», había que continuar. Alguien propuso ir a una discoteca cercana al hotel. Y allí se metieron, después de regatear inútilmente con el portero para que les rebajara el precio de la entrada, puesto que eran estudiantes e iban en grupo... Pretensión inútil, pues sabido es de todo extranjero que visita París que lo peor de esa ciudad son sus habitantes: los más descorteses y despectivos con el turista que se han conocido jamás.

El caso es que, finalmente, entraron. Y hasta consiguieron sitio en los largos divanes pegados a la pared que recorrían el local, una vez que se hartaron de dar saltos en la pista y se descoyuntaron el esqueleto intentando seguir la machacona música disco.

Como siempre, hubo sus anécdotas: uno se puso malo y tuvo que ir corriendo a vomitar a los lavabos... aunque no llegó a tiempo del todo. Otro se empeñó en ligar con una francesa cuyo novio —o lo que fuera, que eso nunca se supo— se enojó y sacó una navaja —sí, los franceses también la usan—; por suerte, la cosa se limitó a unas cuantas bravuconadas y un par de insultos.

Una chica, en fin, se quedó dormida sobre el hombro de Marisa, la profesora de Historia.

La pobre profe estaba incómoda y deseosa de irse a la cama. Así que, en un momento en que vio que la chica abría un ojo, le preguntó con todo el fingido cariño de que fue capaz:

—Qué, ¿quieres que nos vayamos al hotel?

—¿Qué hora es? —preguntó la chica dormilona.

—Las tres de la mañana.

—Ah, entonces es temprano para irse. Hasta las cuatro no cierran, y si hemos pagado la entrada, tenemos que aprovechar.

Así que se quedó dormida de nuevo, tan campante, sobre el hombro de la profesora, hasta las cuatro menos cinco, hora en que los echaron de allí.

Víctor y Adriana se habían divertido de lo lindo. En aquel viaje se sentían como una pareja oficial, pero, al mismo tiempo, les apetecía estar con todos, bailar en grupo, reír con los demás, en vez de estarse los dos solos, apartados de todo bullicio, como Pepe y Luisa, que incluso se *morreaban* descaradamente sin hacer caso de quien estuviera delante.

Aquella primera noche transcurrió como un soplo. Cuentan las crónicas del viaje que algunos se acostaron vestidos, de puro agotamiento. Pero a la mañana siguiente, estaban todos a su hora, dispuestos a recorrer París, una de las ciudades más bellas y melancólicas del mundo.

* * *

Entraron en tropel en una tienda de *souvenirs*. Marisa les había dado veinte minutos para que compraran postales y algún recuerdo, y todos andaban tocándolo todo ante la mirada desesperada del dueño, un tipo mal encarado que trataba de no quitar ojo a nadie.

«¡Españoles ladrones!», se leía en su semblante. Víctor lo vio tan antipático que decidió gastarse el dinero en otra tienda. Total, todas tenían las mismas cosas. Pero la profesora no le autorizaba a moverse de allí hasta que los demás no terminaran de hacer sus compras.

Estaba abstraído cuando oyó la voz de Adriana.

—¡Mira, Víctor! Estos platos son de porcelana de Limoges. ¡Qué bonitos!

Víctor recordó que su abuela guardaba en la casona una vajilla de Limoges, bastante menguada por traslados y roturas. Sólo se sacaba en las grandes ocasiones. Tenía un filo de oro todo alrededor y unas grecas de flores en colores muy pálidos.

—Déjame ver...

Nunca supo lo que ocurrió. El plato resbaló de sus manos y fue a parar al suelo con el mismo estrépito que un trueno repentino, deshaciéndose en tres pedazos grandes y un sinnúmero de pedacitos.

A Víctor se le paralizó el corazón. Ya el gigantesco y repulsivo tipejo se acercaba desde el mostrador mascullando insultos en francés que más valía no entender. Ah, pero la de Historia sabía francés, y le cortó muy finamente.

—*Ça ne vous dérangera pas. Le garçon vous payera le prix de cette assiette.*

—*Mais non, c'est pas comme ça* —gritaba el energúmeno—. *Le garçon doit payer un plus pour le déranger.*

—*Et c'est combien ça, monsieur?*

—*Soixante francs.*

—*Mais, voyez, l'assiette... elle coûte seulement dix francs!*

El tipo decía que no con la cabeza. La profesora tradujo.

—Mira, Víctor: el plato vale diez francos, pero este señor dice que tienes que pagar sesenta francos por haberlo roto. A mí esto me parece un poco exagerado, así que voy a tratar de hacerle entrar en razón. Todo este jaleo, para que veáis cómo hay que tener cuidado y no hacer tonterías.

La profesora se puso a discutir en francés con el tipo. Víctor entendió que regateaba. Al final, agotada, la mujer transigió.

—Víctor, hemos convenido en que le pagarás cincuenta francos.

—Pues con el poco dinero que llevo... Esto es una injusticia. ¡Una birria de plato que sólo vale diez francos!

—Aguarda un momento.

Víctor se sentía a punto de llorar. Todos sus compañeros estaban alrededor, contemplando la escena silenciosos. Los

VICTOR HUGO
AVENUE GEORGES
AVENUE D'IENA
AVENUE MARCEAU
AVENUE DU PRESIDENT
AVENUE DE NEW
QUAI BRANLY
Seine
Tour Eiffel
BOULEVARD
DE VERSAILLES
LONGCHAMP
Palais de Chaillot
Centre de Conférences Internationales
American Cathedral in Paris
Musée d'Art Moderne
Lycée Technique

que iban a comprar alguna cosa, volvieron a colocarla discretamente en su estante.

Otra vez a discutir el francés y la pobre profe. Habían pasado ya los veinte minutos convenidos. ¡Cómo los veinte minutos! Había pasado más de media hora. El comerciante insistía, ahora verbalizándolo, en que los españoles eran unos ladrones que rompían sus cosas y se querían ir sin pagarlas.

Otros clientes entraban y salían, atendidos por una chica jovencita que parecía totalmente indiferente al asunto, como si ya estuviera acostumbrada.

Al final, el que pareció capitular fue el francés.

—Víctor —dijo la profesora—. Págale los cincuenta francos.

Víctor así lo hizo. Habría dado todo su dinero francés por salir de allí cuanto antes. Ya sentía que se le había estropeado el viaje a París. ¡Nunca más volvería a aquella ciudad donde la gente era tan horrible!

Pero la cosa no terminaba ahí. El francés, de mal humor, entregó a Víctor un papelito sellado y firmado.

—Le he explicado —cuchicheó la profesora mientras salían— que lo necesitabas para tus padres. No quería dármelo, pero de ninguna manera habría consentido en que pagaras esa cantidad sin un recibo. Él amenazaba con llamar a la policía; sin embargo, cuando yo le dije que lo hiciera, cedió y aceptó firmar el papel. Ahora, los que vamos a la policía somos nosotros.

Todo esto se lo decía cuando ya marchaban calle arriba, por una acera repentinamente alegre de sol.

La policía de París está en el sitio más bonito de la ciudad: en su mismo corazón, la isla de la Cité. En la esquina de su edificio hay un antiguo reloj de colores.

—¿Y no vamos a visitar Nôtre Dame, la Sainte Chapelle y la Conciergerie? —preguntaba alguien que llevaba en la mano la guía Michelin.

—Después. Primero, vamos a arreglar este asunto.

Marisa entró en la policía con su recibo en la mano. Y salió al poco rato, acompañada de un agente alto, guapo... y hasta simpático. Lo que demuestra que toda regla puede tener una excepción: también existen algunas personas amables en París.

El grupo se quedó a cargo de María, la amiga de la profe, quien continuó el recorrido turístico previsto. Mientras, Marisa, Víctor y Adriana, junto con el policía, volvieron a la tienda de marras.

Allí todo fue muy rápido. El tipejo se puso blanco al ver el uniforme azul. Tras unas breves y secas palabras del policía, abrió la caja registradora y entregó a Víctor cuatro monedas de diez francos.

Salieron todos a la calle y Víctor se sintió como si flotara en un sueño.

Para colmo, el policía hablaba un poco de español.

—Tranquilo, chico, tranquilo —le decía.

Marisa les explicó:

—Este agente me dice que agradecen este tipo de denuncias. Comerciantes así ensucian la imagen de la ciudad para el turista. Nos felicita por lo que hemos hecho.

Pero el policía seguía acompañándolos y hablando animadamente en francés con la profesora. De vez en cuando miraba a Víctor y a Adriana, y sonreía.

Por fin llegaron de nuevo a la isla de la Cité. Allí, el agente no tuvo más remedio que despedirse. Pero antes, Víctor oyó reír a la de Historia con una risa nueva, cristalina, mientras el policía anotaba en una libretita el nombre y el número de teléfono del hotel donde se alojaban.

—Víctor, me parece que hasta has hecho bien rompiendo ese dichoso plato.

—¿Por qué?

—Porque me temo que esta noche os dejaré solos con María. Bertrand —éste era el nombre del policía— ha dicho que me llamará esta tarde para invitarme a cenar.

* * *

Atardecer en París, desde la barandilla de Montmartre, con la basílica a la espalda tornándose de color lunar y la ciudad enfrente, a los pies, inocentemente tendida, como si bajo sus tejados grises de cuento no pasara nada de particular.

Ya se ha recuperado el aire bebido sorbo a sorbo al subir la escalera, porque unos querían el elevador y otros el placer de subir a pie, contando los peldaños.

Entre estos últimos estaban Víctor y Adriana. Habían recorrido la plaza du Tertre, donde soñaban encontrar un Picasso anónimo que regresara a su *atelier* encogido de frío y sin haber vendido nada. Miraban a la gente sentada en los veladores chiquitos y redondos de los cafés, y se decían:

—París. Esto es París. Estamos en París... ¿Cómo es posible que todos éstos estén también aquí y se lo tomen con tanta calma, como si fuera de lo más normal sentarse en esta placita a tomarse un *petit crème?*

Ahora, asomados a la barandilla, reconociendo y señalando con el dedo una cúpula, una silueta lejana, los edificios y lugares visitados hacía sólo unas horas y que ya se desdibujaban en la neblina del ocaso, Víctor y Adriana soñaban.

Algún día volverían a París. Sí, volverían cuando fueran ricos y pudieran instalarse en un hotel de lujo de esos que tenían portero y un toldo a la entrada.

O mejor volverían de pobres y alquilarían una buhardilla en el barrio Latino y se apuntarían a estudiar arte en la Sorbona o francés en la Alianza.

Volverían a París. En aquel momento, así había que soñarlo.

Capítulo undécimo

En que se da noticia de un desgraciado accidente y sus consecuencias

EL viaje de regreso resultó mucho más reposado que el de ida. La gente iba cansada, adormilada, con las bolsas llenas y los bolsillos vacíos. Con la mente repleta de imágenes, recuerdos, sensaciones, experiencias que nunca olvidarían.

La de Historia parecía haber intimado mucho con el policía durante tan corta estancia. Hasta el punto de que éste acudió a despedirlos y le llevó un ramo de rosas rojas a la profesora.

—Total, se van a marchitar en el viaje... —comentó alguna, no se sabe si por envidia.

—Bueno, pero no me negaréis que el detalle es muy chic. Con un tío así, yo me volvería loca...

—Pues a mí no me parece para tanto...

En fin, como siempre, había opiniones para todos los gustos.

* * *

Desde la frontera, los chicos hacían cola frente a las cabinas telefónicas mientras recontaban sus últimas monedas.

—¿Dígame?

—Mamá, soy yo, Víctor. Que dice el chófer que llegamos esta noche sobre las diez.

—Bien, hijo. Irá tu padre a buscarte.

—¿Qué pasa, mamá? ¿Pasa algo? Te noto la voz rara.

Pausa de silencio.

—Ya te lo contaré cuando vengas.

—Pero dime algo... Jo, no me dejes así, que se me cuelan las monedas...

—La abuela ha tenido un accidente.

—¿Un accidente de coche? ¿Y cómo está?

—Está grave... aunque vivirá. Ya te lo contaré todo esta noche. No quiero que vengas preocupado. Pero te puedes imaginar el disgusto y el jaleo que tenemos... Bueno, hijo, un beso y hasta la noche.

—¿Seguro que no se ha muerto?

—No, Víctor, no se ha muerto. Aunque ha estado a punto. Iba con su amiga Marita, que era la que conducía, y...

La comunicación se cortó. La última moneda acababa de colarse. El compañero de detrás lo empujaba, ansioso de usar el teléfono. Nadie pareció advertir su desazón.

¡La abuela, un accidente! Víctor casi no se lo creía. Le parecía que los accidentes tenían que respetar a alguien con el temperamento y la seguridad de su abuela. Pero no. Los accidentes no respetaban a nadie.

No se podía imaginar a su abuela metida en una clínica. Nunca había conocido a ninguna señora mayor tan vital ni con tan buena salud. Siempre dispuesta a viajar, a salir, a pasear, a ir de compras, a llevarlo al cine o al parque de atracciones...

Entonces recordó que, de niño, casi todos los estrenos de dibujos animados de Navidad los había visto con ella, mientras su madre se quedaba en casa preparando la cena de nochebuena. Ella lo llevaba a contemplar los belenes, explicándole cada figura y cada escena; a recorrer las calles iluminadas; a curiosear por los grandes almacenes y jugueterías hasta conseguir enterarse de lo que más le gustaba a su nieto para comprárselo luego y darle una sorpresa...

Se le hizo un nudo en la garganta. Nunca pensó que podría preocuparse tanto por su abuela. Se reía de sus manías y de algunos de sus comportamientos, pero resultaba que, en el fondo, la quería mucho y no deseaba verla convertida en una enferma o en una viejecita inútil.

El resto del viaje se le hizo muy largo. Menos mal que charló un rato con Adriana, que fue la única persona a la que decidió comentarle el tema. Ella lo tranquilizaba con el argumento de que aún no sabía con exactitud lo que había ocurrido y, por tanto, no debía sufrir inútilmente, cuando a lo mejor la cosa no era tan seria.

Las dos últimas horas pusieron un vídeo. Pero dio la casualidad de que contaba una historia de madres que enfermaban y morían, de niños huérfanos, de adopciones problemáticas y de otras lindezas por el estilo. Era como para llorar a moco tendido todo el tiempo. El autobús se dividió en dos grupos: los que se sorbían las lágrimas disimuladamente porque les daba apuro que los vieran tan emotivos, y los que pateaban protestando porque la película era un rollo y lo que querían era ver un vídeo de *rock* duro que uno de la última fila estaba empeñado en poner.

Por fortuna para los que preferían relajarse, no dio tiempo a ponerlo. Mientras sonaba la música de los títulos de crédito de la película lacrimógena, entraban en las afueras de Madrid.

El punto de recogida era la puerta del colegio. Allí había tal confusión de padres y madres, de coches mal aparcados y de equipajes esparcidos, que Víctor no pudo despedirse de nadie. Enseguida vio a su padre, que lo sacó rápidamente del barullo.

—¿Cómo está la abuela?

—Bien, ya la verás luego... Está en el hospital. No sabemos cuándo le darán el alta...

—¿Cómo pasó?

—Pues iba con Marita a pasar el día a Guadalajara para ver no sé qué exposición. Ya sabes cómo es tu abuela. Exponía un pintor pariente de la pobre Marita, ella se lo comentó y, como tu abuela se apunta a cualquier cosa, pues allá que marcharon... El caso es que el accidente fue de lo más tonto. Iban por un llano, y sólo había un árbol en todo aquel tramo. ¡Y tuvieron que estrellarse contra ese árbol! Parece que a esa pobre señora, a Marita, le dio una lipotimia o perdió el sentido unos instantes, en fin, no sé... Era mucho mayor que tu abuela.

—¿Era?

—Sí, hijo. Falleció en el accidente. Así que todavía podemos decir que la suerte estuvo del lado de tu abuela... teniendo en cuenta que iba al lado de la conductora, en el asiento que llaman de la muerte.

—¿Y qué le ha pasado a la abuela?

—Pues aparte de muchos traumatismos y golpes sin demasiada importancia, lo peor que le puede pasar es que se quede paralítica. Entonces habría que ingresarla en un centro o cuidarla nosotros... Aunque, con lo complicado que lo tenemos, no sé qué podremos hacer... Pero de momento hay que esperar a ver cómo van las cosas. La acaban de operar de las piernas.

* * *

La abuela había quedado inválida. Ya no podría salir de paseo ni de compras más que en silla de ruedas. Hasta entonces, a Víctor no se le había ocurrido pensar en lo difícil que resultaba llevar por la calle a alguien en silla de ruedas. Las sillas de ruedas ocupan más que los coches de los bebés. Y no se pueden plegar y coger al bebé en brazos. Tienen que estar siempre en la misma posición y ocupando el mismo espacio.

En pocos meses, tenían una nueva y grave reunión familiar. Los padres de Víctor querían que él comprendiera y asumiese decisiones que afectarían a la vida de toda la familia.

—Yo no quiero imponer la carga de tener aquí a mi madre —decía mamá—. Pero la conozco y sé que preferiría mil veces estar aquí, aunque tenga menos espacio y menos comodidades, a ingresar en un centro. Los mayores lo que necesitan es cariño y un hogar. En último caso, habría que buscar un centro lo más cercano posible para poder visitarla muy a menudo. Yo por lo menos, la primera temporada me organizaría para ir todos los días.

—Mira, Pati, si tú quieres que tu madre venga a casa, pues que venga. Sitio tenemos. Y además, el sitio se hace si uno quiere. Hay casas muy grandes donde no cabe nadie y casas muy pequeñas donde cabe mucha gente... En principio, podríamos arreglar el trastero y poner allí un pequeño dormitorio para ella. Aunque sea interior; total, pasaría el día en la sala o aquí en la cocina.

—Si a ti te parece bien... Y tú, ¿qué dices, Víctor? ¿Te gustaría que la abuela viviera con nosotros?

Víctor asintió. Recordaba un cuento que habían leído hacía varios años. Entonces no lo entendió bien y le pareció una tontería. Pero ahora veía su verdadero sentido...

Buscó el viejo libro de lectura en el armario del trastero. Sentía ganas de leerlo de nuevo.

Cierto día, un joven campesino llevaba a su padre al asilo. Para descansar del camino, se paró a sentarse en una gran piedra. Estando allí sentados, vio que su padre lloraba.

—¿Qué le pasa, padre? —le preguntó.

Y el anciano respondió:

—Lloro porque en esta misma piedra paré yo también a descansar cuando llevaba a mi padre al asilo.

—¿Ah, sí? —le replicó el joven—. Pues vámonos de vuelta a casa. Yo no quiero que mi hijo me lleve a mí al asilo cuando sea viejo.

Capítulo duodécimo

En que se comprueba que no hay mal que por bien no venga

PATITA jugaba en la alfombra con el enorme peluche que su hermano le había traído de París. La abuela escribía en su mesa auxiliar, junto a la ventana. Nadie sabía por qué escribía tanto en aquel cuaderno de papel rayado, como los que empleaba Víctor de pequeño. Ella decía misteriosamente que trabajaba en sus memorias.

—Escribir es una forma de no morirse —comentó en cierta ocasión—. Cuando yo falte, gracias a estos cuadernos, podréis leer mi vida y oír mis palabras como si siguiera con vosotros.

La abuela tenía una memoria prodigiosa. Recordaba con precisión acontecimientos ya históricos, como la guerra civil, uno de sus primeros recuerdos de infancia. Recordaba también cómo estaban antes las calles y las plazas de su ciudad, los nombres de tiendas ya desaparecidas, las anécdotas de personajes populares. Todo lo iba escribiendo con su letra menudita y picuda —letra de colegio de monjas de los de antes— en los cuadernos rayados.

La presencia de la abuela en la casa había cambiado el ritmo de vida. Patricia la obedecía ciegamente, y por eso la madre se arriesgaba a salir algún rato a hacer la compra o a lo que fuese dejando a la niña sobre la alfombra, a los pies de la abuela. Sabía que ésta no podría atenderla físicamente, pero la entretenía cantándole, leyéndole y contándole cuentos, haciendo para ella pajaritas de papel, y sombreros, y barcos... con periódicos viejos. Además, siempre había un teléfono al alcance de su mano para un caso de apuro.

Desde que se quedó paralítica, la abuela había desarrollado gran cantidad de habilidades y se dedicaba a un sinfín de cosas que antes nunca tuvo tiempo de hacer, porque todo el día se lo pasaba en idas y venidas. No sólo la redacción de sus memorias; también le gustaba ayudar en la cocina, pelando patatas, limpiando verduras, colaborando en cuanto le era posible. Sobre todo, había demostrado ser una magnífica repostera: disfrutaba desempolvando viejas recetas de su madre y de una antigua cocinera de su casa. Acercaba su silla de ruedas a la barra de la cocina y, con todos los ingredientes necesarios a su alcance, se ponía a amasar, a cortar la masa en caprichosas formas de estrellas y polígonos, a espolvorearla con azúcar y con almendras picadas, a adornar bizcochos con la manga pastelera...

—Como siga así, vamos a engordar —comentaba papá—. Nos va a hacer perder la línea.

Afortunadamente, aquellas dulces tareas sólo se hacían los domingos, mientras la abuela oía la misa de doce en la pequeña tele de la cocina.

Por las tardes, después de comer, seguía cualesquiera de los múltiples culebrones televisivos, y a menudo, alguna vecina o amiga acudía a tomar café con ella para hacerle un rato de compañía. Ni siquiera entonces estaba ociosa: había redescubierto el placer de hacer punto, y tejía sin cesar jerséis para toda la familia, copiados de alguna de sus innumerables revistas de moda, aunque siempre con su toque personal, pues les cambiaba el color, o el tipo de punto, o la situación de la cenefa.

—No vaya a ser que os tropecéis por ahí con alguien que lo lleve igual —decía.

Haciéndolo la abuela, eso resultaba bastante improbable. Bufandas, calcetines, incluso braguitas de ganchillo para la pequeña Patricia, salían constantemente de sus manos.

—Pero ¡si vamos hacia el verano, mamá! ¡Si ahora no es época de estas cosas! —le decía su hija.

—Bah, así ya las tienes para el próximo invierno.

* * *

Víctor seguía trabajando como repartidor de pizzas. Después del agobio de las fiestas navideñas, el trabajo se había hecho mucho más llevadero en los últimos meses. Algunos días pasaba ratos muertos en la pizzería esperando algún pedido. El jefe estaba contento con él.

Lo malo era que se acercaban los exámenes finales y, lógicamente, necesitaba cada vez más tiempo para estudiar. No llevaba muy bien algunas asignaturas, pero aquel año se había propuesto sacar el curso limpio, ya que había tenido la suerte de aprobar las pendientes en los exámenes especiales de enero.

La abuela, que tenía un sueño muy ligero, le oía encender

la luz y levantarse, cada vez más temprano, a preparar un poco de leche con café. Estaba preocupada.

—Ese niño debería dormir más. No tendría que seguir trabajando.

—Sí, abuela, tienes razón. Pero se ha comprometido hasta el mes de junio y no tiene más remedio que seguir adelante. Ha de acostumbrarse a cumplir su palabra... De todas formas, el curso que viene no se lo permitiremos. O por lo menos, que se busque algo más descansado y que le quite menos horas...

La abuela seguía observando. Veía cómo trabajaban su hija y su yerno, y cómo ahorraban para salir adelante. Veía también cómo, día a día, la pequeña Patricia parecía más espabilada y hacía más preguntas. Estaba ansiosa por ir al colegio el próximo curso. A finales de verano cumpliría tres años, y sabía que, a esa edad, iría al cole.

Una tarde en que Víctor terminó antes su trabajo, al llegar a casa oyó voces desconocidas. Su abuela estaba en la sala hablando con dos señores muy trajeados que llevaban carteras y papeles. No se atrevió a interrumpir y esperó en la cocina hasta que se marcharan. Su hermanita no estaba en casa. Cuando esto ocurría, Víctor sabía que era porque su madre se la había llevado consigo al almacén familiar, donde le había preparado un rinconcito con juguetes y una pequeña pizarra para que se entretuviera mientras ella trabajaba.

Oyó circular por el pasillo la silla de la abuela, que guiaba a sus visitantes hasta la puerta. Una vez que aquellos señores se marcharon, el chico se acercó a su abuela.

—¡Victorín! No te había oído llegar.

—Abuela, ¿quiénes eran esos señores?

—Ay, hijo, negocios de tu abuela... Pero mira, ya eres un hombre y voy a contártelo. Tú vas a ser el primero en saberlo... Acabo de vender la casona.

—¿Tu casa del pueblo?; ¿donde tienes tus colecciones?

—Mis colecciones, mis muebles antiguos, la biblioteca de mi padre y la de mi abuelo... Sí, hijo. ¿Para qué quería yo todas esas cosas, si ahora vivo aquí con vosotros? Además, sabes que a esa casa llena de escaleras no podría volver nunca estando como estoy.

—¿Y lo has vendido todo?

—Todo, todo, todo... ¿Sabes? Ahora, después de tantos años de vida, he descubierto que las personas son más importantes que las cosas. Las cosas sólo valen si se pueden disfrutar con otras personas, si sirven para hacerlas felices. De lo contrario, sólo son estorbos...

—Pero a ti te gustaba mucho la casona... y a nosotros también nos gustaba. Me da pena no poder ir más allí.

—Iremos a otros sitios... Por ejemplo, este verano he pensado acompañaros a la playa. Como ya no está conmigo la pobre Marita, que en paz descanse —la abuela se santiguaba y suspiraba cada vez que decía estas palabras—, y como ya no estoy para nada...

—¡A la playa! Abuela, ¡qué bien! Pero tú puedes seguir viajando si quieres. He visto en la tele un reportaje sobre personas minusválidas que viajaban en autobuses especiales. Tienes que informarte.

—Este verano no me apetece. No estoy de humor para viajes, hijo.

—¿Y sabe mamá lo de la casona?

—Ya te he dicho que no lo sabe nadie... Además, la casa es mía. No tengo que dar cuentas ni a tu madre ni a nadie de lo que hago con mis cosas... La verdad es que he conseguido hacer una buena venta. Así que figúrate —comentó con aire pillo— la de millones que me van a dar.

—Bueno, bueno. Pero no sé qué va a decir mamá cuando se entere...

—Que diga lo que quiera. Ahora... ¿quieres que yo te cuente lo que vamos a hacer con todo ese dinero?

Víctor se encogió de hombros.

—¿Qué vamos a hacer?

—Tu padre podrá liquidar muchas de sus deudas... Que conste que es sólo un préstamo lo que le hago. Cuando se recupere, tiene que devolvérmelo con intereses, que lo voy a invertir en dos cartillas de ahorro para dos personas que yo me sé...

—No creo que papá vaya a aceptar eso...

—¿Es que tu padre se puede oponer a que yo haga con mi dinero lo que me dé la gana?

Víctor miró la decidida expresión de su abuela.

—Bueno, la verdad es que no sé si existe alguien que pueda oponerse a que tú hagas lo que quieras, abuela.

—Pero con una condición, Victorín. Y eso es cosa tuya. Supongo que querrás contribuir a que tu padre salga adelante, ¿no?

—Pues claro. Ya sabes que para eso estoy trabajando.

—Muy bien. Entonces, mañana mismo vas a esa pizzería-como-se-llame y te despides del encargado. Si hay que abonar algún gasto por irte antes de tiempo, corre de mi cuenta. Quiero verte por las tardes en casa, hijo, estudiando, merendando tranquilo y viendo un rato la tele, que es lo que hacen los chicos de tu edad de lunes a viernes.

—No todos, abuela.

—Desgraciadamente... Dime, ¿estás de acuerdo?

Víctor suspiró.

—¿Y el dinero que sacaba...?

—Ese dinero ya no lo vamos a necesitar. Fíate de mí.

* * *

Así pues, aquel verano iba a ser como los demás. Irían de nuevo durante un mes a un apartamento de la costa para disfrutar del sol, de la playa... y de la *marcha*. Víctor se había despedido de su antigua panda en el cumpleaños de Pepe. Lo pasó bien, pero se dio cuenta de que ya no pensaba ni sentía como ellos. Además, a lo largo del curso había ido descubriendo otras inquietudes con sus nuevos amigos, con los que ahora se identificaba.

Lo peor de todo fue despedirse de Adriana, que se quedaría todo el verano en Madrid. Pero al menos sabía que, en el mes de septiembre, volverían a verse...

—¡Victorín! Ven acá, hijo.

—Abuela, por favor... ¿Cuándo dejarás de llamarme Victorín?

—Nunca... Para mí siempre serás Victorín. ¿No ves que te vi nacer?

—Bueno, pero mis padres también me vieron nacer y no me llaman así... Por lo menos, prométeme que cuando mis amigos vengan a casa, no me llamarás de esa forma. Sabes que se ríen de mí.

—Bueeeno... pues si tanto te preocupa, no volveré a llamarte Victorín. Pero ahora atiende, que tengo algo para ti, Victorín.

La abuela sacó un sobre con aire misterioso.

—Por tus notas finales..., las mejores en muchos años, según dice tu madre.

Víctor abrió el sobre y se quedó pasmado pasando billetes.

—Pero, ¡abuela! ¡Esto es mucho dinero!

—Pues gástatelo en lo que quieras. Yo ya no puedo ir por las tiendas a comprarte los caprichos como antes... Sólo quiero que vengas a enseñarme lo que hayas comprado. ¿De acuerdo?

—Vale.

* * *

Víctor y su padre se paseaban por los escaparates de las tiendas de motos. Víctor iba henchido de gozo, se sentía como un millonario en pleno derroche. ¡Más dinero en el bolsillo del que nunca había llevado encima! Pero no iba a gastárselo en cualquier cosa: él sabía lo que quería. ¡Por fin conseguiría lo que tanto tiempo había anhelado...!

Al regresar a casa, se tropezó con un gran cartel de «vaqueros Pepo's. Tus vaqueros». ¡Qué curioso! Ni siquiera había pensado que con ese dinero también podría comprarse los famosos vaqueros de marca... ¿Qué le pasaba? ¿Cómo era posible que ahora sintiera esa indiferencia tan grande ante la marca Pepo's?

«A fin de cuentas», se dijo, «los vaqueros que me compró mi madre me sirven lo mismo. Y no están tan mal. El dinero

NOTAS
10
9
10
Con motivo
gloriosos

que me ha sobrado me lo puedo gastar en otra cosa... ¡Claro! ¡Si se nos olvidaba una cosa muy importante!»

—Papá, el casco.

—¿Qué casco?

—El que necesito para la moto...

—Bueno, pues mira, el casco te lo voy a regalar yo.

* * *

—Abuela, ya estamos aquí... ¿Qué te parece lo que traigo?

—¿Eso que llevas en la mano? Qué es, ¿un gorro de astronauta?

—Un casco, abuela. Es un casco último modelo... ¡Y por poco se nos olvida comprarlo!

—Pero, ¿para qué necesitas ese casco?

—Mira por la ventana y lo verás.

La abuela hizo girar su silla y asomó la cabeza entre los visillos.

—A ver, a ver... A ver qué disparate has hecho... ¡Pues no sé qué quieres que mire!

—¿No ves un reluciente vehículo de dos ruedas sobre la acera?

—¡Una moto! Ya puedes andarte con cuidado. No sé cómo tus padres te dan permiso para estas cosas...

—Vamos, abuela, si sabes de sobra que llevo todo el curso andando en moto... ¡Y siempre con casco!

—Bien, bien... Y ese paquete que trae tu padre medio escondido, ¿qué es?

—Pues, ¿qué va a ser? Unos bombones para la mejor abuela del mundo...

Índice

COLECCIÓN **ALA DELTA**

Serie azul. A partir de los 8 años

12. *Nico, el huracán.* JOSÉ MANUEL BRIONES.
13. *Felipe Marlot, detective.* JOAQUIM CARBÓ.
14. *El cabrerillo.* JUAN ANTONIO DE LAIGLESIA.
15. *Nuevas aventuras de fray Perico.* JUAN MUÑOZ MARTÍN.
16. *Niña Claudia.* CARLOS PUERTO.
28. *Una pandilla de pesadilla.* JESÚS ZATÓN.
42. *La rosa del Kilimanjaro.* CARLOS PUERTO.
43. *Antía y los michinales.* CARMEN DELGADO.
47. *Yagú, el lobo azul.* JUAN ANTONIO DE LAIGLESIA.
48. *Cus-Cus el vagabundo.* ANTONIO BERNAL.
49. *Los detectives López y Baldosillo.* PEDRO SORIA FDEZ.-MAYORALAS.
51. *Felipe Marlot investiga.* JOAQUIM CARBÓ.
62. *Treinta vueltas de hélice.* LUIS COMPAIRÉ.
64. *Isu, el tiburón desdentado.* SEVE CALLEJA.
65. *Calavera de Borrico y otros cuentos populares.* JOSÉ ANTONIO DEL CAÑIZO.
66. *El cangrejo que tenía la viruela.* JOSÉ MANUEL SOUZA.
67. *Lirolos, ciflos y paranganalios.* CARLOS MURCIANO.
73. *Javi, sus amigos y sus cacharros.* JUAN CERVERA.
76. *Desde el corazón de la manzana.* JUAN FARIAS.
80. *Un problema con patas.* MARINELLA TERZI.
82. *Diario de un elefante.* ÁNGEL ESTEBAN.
85. *El amigo que vino del mar.* MARIANO VARA.
86. *Una dragona en apuros.* MANUEL ALONSO ERAUSQUIN.
90. *Poemas rompecabezas (de animalotes y animalillos).* MARINA ROMERO.
99. *El fantasma novato.* MANUEL L. ALONSO.

103. *Duende o cosa.* CARLOS MURCIANO.
105. *La rosa del desierto.* CARLOS PUERTO.
106. *Fábulas de animales.* ALBERT JANÉ.
110. *Nuevos casos de los detectives López y Baldosillo.* PEDRO SORIA.
112. *Las tres carabelas.* JUAN MUÑOZ MARTÍN.
114. *El truco más difícil.* FERNANDO LALANA.
117. *Una pluma con historia.* BEATRIZ DOUMERC.
122. *Estornudos con sorpresa.* MARINELLA TERZI.
123. *Mi amigo Agapito.* GERMÁN DÍEZ BARRIO.
124. *La perla verde.* GABRIEL JANER MANILA.
128. *Dos dragones bailarines.* MANUEL ALONSO ERAUSQUIN.
130. *La rosa de los hielos.* CARLOS PUERTO.
131. *El día que se cayó Brosca.* ALEJANDRO FERNÁNDEZ POMBO.
132. *Un hermano metomentodo.* JESÚS ZATÓN.
135. *¿Quién usa las papeleras?* RICARDO ALCÁNTARA.
136. *Un paraguas rojo.* ALEJANDRO FERNÁNDEZ POMBO.
137. *Trócolo, el duende de la imprenta.* J. M. SÁNCHEZ VIGIL.
138. *Tulinet, las siete vidas del gato.* RICARDO ALCÁNTARA.
139. *El fantasma novato y el enigma de los pasteles.* MANUEL L. ALONSO.
143. *La torre animada.* JOSÉ LUIS OLAIZOLA.
146. *Mis vecinas las cigüeñas.* GERMÁN DÍEZ BARRIO.
154. *La rosa de la pradera.* CARLOS PUERTO.
155. *Renata toca el piano, estudia inglés y etcétera, etcétera, etcétera.* RAMÓN GARCÍA DOMÍNGUEZ.
157. *Viejos amigos, nuevos amigos.* MANUEL L. AlONSO.
158. *¡Estás como una cabra!* ELENA O´CALLAGHAN I DUCH.
164. *Cuentos para enfriar la sopa.* M. DOLORS ALIBÉS.
165. *¡Ay, cuando se lo cuente a Eugenia!* FINA ROUCO.
171. *Sentado te engorda el cu...* RAMÓN GARCÍA DOMÍNGUEZ.
173. *Más travesuras de una pandilla de pesadilla.* JESÚS ZATÓN.
174. *Buscadores de sonrisas.* BRAULIO LLAMERO.
178. *Si te mueres ya verás adónde vas.* SEVE CALLEJA.
179. *Un gato verde y con chispa.* ANTONIO GÓMEZ YEBRA.
180. *Otra vez los detectives López y Baldosillo.* PEDRO SORIA.
181. *Nico, navegante.* JOSÉ MANUEL BRIONES.
188. *El fantasma novato y la noche de las hogueras.* MANUEL L. ALONSO.
189. *El mago del paso subterráneo.* ALFREDO GÓMEZ CERDÁ.
196. *Mi burro Pernales.* GERMÁN DÍEZ BARRIO.

133. *Sobresaltos en las cavernas.* TOMÁS CALLEJA.
134. *El misterio de la ciudad submarina.* ULISES CABAL.
140. *Los ríos de la luna.* GABRIEL JANER MANILA.
142. *Yo vi al yeti. Relatos del barón de Cotopaxi.* CÉSAR PÉREZ DE TUDELA.
145. *Aventuras de Nico: El secreto del gran río.* ALFREDO GÓMEZ CERDÁ.
148. *La puerta del infierno.* MARIANO VARA.
149. *La escapada de tres chicos intrépidos.* MANUEL CEREZALES.
151. *Los casos del comisario Ricart. Alarma en las Ramblas.* JUAN MUÑOZ.
152. *Asunto: El robo de* Las meninas. LUISA VILLAR.
153. *La abadía del Toloño.* PABLO ZAPATA LERGA.
160. *¿Quién dice* no *a las drogas?* RICARDO ALCÁNTARA.
166. *Un ovni en Santa Mónica.* TOMÁS CALLEJA.
167. *El misterio del teatro del crimen.* ULISES CABAL.
168. *La jefa de la banda.* ALFREDO GÓMEZ CERDÁ.
170. *La niña de plata.* CARMEN GÓMEZ OJEA.
175. *Aventuras de Nico: El tesoro del barco fantasma.* ALFREDO GÓMEZ CERDÁ.
182. *Adiós a tres chicos intrépidos.* MANUEL CEREZALES.
183. *El misterio del viejo.* LUISA VILLAR LIÉBANA.
185. *Aún quedan piratas en la «Costa de la Muerte».* CONSUELO JIMÉNEZ DE CISNEROS.
190. *La historia de Alí.* XOSÉ ANTÓN PET POSSE.
191. *Una tarde de altos vuelos.* MARIANO FUENTEBLANCO.
198. *¡Por todos los dioses!* RAMÓN GARCÍA DOMÍNGUEZ.
200. *¿Quién quiere a los viejos?* RICARDO ALCÁNTARA.
204. *Un verano de perros.* ELENA O´CALLAGHAN I DUCH Y M. DOLORS ALIBÉS.
205. *Vaqueros de marca.* CONSUELO JIMÉNEZ DE CISNEROS.

197. *La rebelión de los cuentos.* SOLEDAD CAVERO.
203. *El secuestro de Pizca.* XAVIER HERNÀNDEZ.

Serie verde. A partir de los 10 años

18. *El arca de Noé.* ALFONSO MARTÍNEZ-MENA.
19. *El vidente.* PILAR MATEOS.
20. *Ápex, la guerra de las horas.* MIGUEL ÁNGEL MENDO.
30. *El bordón y la estrella.* JOAQUÍN AGUIRRE BELLVER.
32. *Juan Castigo y Pocarropa.* JOSÉ LUIS MOLINA.
33. *Cuentos para la hora de los postres.* M. DOLORS ALIBÉS.
38. *El misterio del león de piedra.* ULISES CABAL.
39. *Baldomero el pistolero.* JUAN MUÑOZ MARTÍN.
41. *El arquitecto y el emperador de Arabia.* JOAN MANUEL GISBERT.
44. *Aventuras de Nico: Un amigo en la selva.* ALFREDO GÓMEZ CERDÁ.
46. *Los mapas etéreos.* MIGUEL ÁNGEL MENDO.
56. *En busca del tesoro.* MANUEL L. ALONSO.
58. *Aventuras en cuevas.* TOMÁS CALLEJA.
59. *El tren que nunca existió.* JUAN MIGUEL SÁNCHEZ VIGIL.
61. *Aventuras con tito Paco.* ANTONIO A. GÓMEZ YEBRA.
63. *La cueva del Toloño.* PABLO ZAPATA LERGA.
71. *Mi padre, don Cristóbal Colón.* FELÍCITAS CORBELLA.
72. *Paladín.* MIGUEL MARTÍN FERNÁNDEZ DE VELASCO.
75. *Perder para ganar.* RAMÓN GARCÍA DOMÍNGUEZ.
78. *Maricastaña, la heroína desconocida.* JUAN ANTONIO DE LAIGLESIA.
79. *El misterio del colegio embrujado.* ULISES CABAL.
84. *Historias asombrosas.* JORDI SIERRA I FABRA.
87. *La cueva del Extranjero.* JESÚS BALLAZ.
89. *El Camino de Santiago.* JOAQUÍN AGUIRRE BELLVER.
101. *Tres chicos intrépidos.* MANUEL CEREZALES.
108. *El caso de la echadora de cartas.* MIGUEL ÁNGEL MENDO.
111. *El asunto zoo.* LUISA VILLAR.
113. *El misterio de la ratonera asesina.* ULISES CABAL.
115. *Aventuras de Nico: El volcán del desierto.* ALFREDO GÓMEZ CERDÁ.
118. *Marabo, el último bandolero.* JUAN MIGUEL SÁNCHEZ VIGIL.
120. *La diosa negra.* MARIANO VARA.
126. *¡Nos han robado la oreja!* RAMÓN GARCÍA DOMÍNGUEZ.
127. *La leyenda de Sira y Ondú.* JOAQUÍN AGUIRRE BELLVER.